집 떠난 뒤 맑음 (상)

집 떠난 뒤 맑음 (상)

펴 낸 날 | 2021년 7월 1일 초판 1쇄
2021년 7월 10일 초판 2쇄

지 은 이 | 에쿠니 가오리
옮 긴 이 | 신유희
펴 낸 이 | 이태권

책임편집 | 윤주영
책임미술 | 양보은
펴 낸 곳 | 소담출판사
서울특별시 성북구 성북로5길 12 소담빌딩 301호 (우)02880
전화 | 02-745-8566 팩스 | 02-747-3238
등록번호 | 1979년 11월 14일 제2-42호
e-mail | sodambooks@naver.com
홈페이지 | www.dreamsodam.co.kr

ISBN 979-11-6027-237-6 04830
979-11-6027-236-9 (세트)

• 책값은 뒤표지에 있습니다.
• 잘못된 책은 구입하신 곳에서 교환해드립니다.

집 떠난 뒤 맑음 (상)

에쿠니 가오리 지음
신유희 옮김

소담출판사

집 떠난 뒤 맑음

(상)

기사카 리오나는 그날 오후의 일을 거듭 떠올리게 된다. 딸이 놓고 간 편지—라 해도 갈겨 쓴 메모 같은 것이었지만—를 발견했을 당시, 방 안의 어스름한 기운과 왼팔에 안고 있던, 세탁소에서 막 찾아온 옷가지(한 벌씩 비닐 커버가 씌워져 있었고, 편지를 집어 들려고 몸을 굽히자 살짝 바삭거리는 소리가 났다). 분명 아주 화창한 가을 오후였고, 미국 동부 특유의 맑고 건조한 공기, 그리고 교외 주택지라면 어디라도 그럴 법한 정도의 조용함으로 가득 차 있었으련만 그 기억은 리오나 안에서 시간과 더불어 과장되는가 싶더니 이윽고 '숨이 멎을 만큼 아름다운 날이어서 오히려 불온했다'가 되고, '무섭도록 고요해서 마치 이 세상의 소리란 소리가 다 사라져 버린 것만 같았다'가 된다.

아홉 살 난 아들을 아이스하키 클럽에 데려다주고 세탁소에 들렀다 귀가한 참이었다. 오른손에 편지를 쥐고 왼팔에는 비닐 커버에 싸인 옷가지를 켜켜이 안은 채 리오나는 창가에 서서 바깥을 보았다. 물론 거기에 딸이 있을 리도 없고, 방금 전 자신이 지나온 현관 포치 너머 키 큰 나무들의 잎이 노란빛으로 곱게 물든 가로수 길을, 근처에 사는 금발 소년이 스케이트보드를 타고 지나가는 모습만 보였을 뿐이었다. 소년은 빨간 스웨터를 입고 있었다.

남편에게, 이어서 오빠에게 전화를 건 것은 저녁때가 다 되어서였다. 그 때문에 리오나는 나중에 남편에게 핀잔을 듣게 된다. 어째서 바로 연락하지 않았냐고, 대체 생각이란 게 있느냐며.

하지만 몇 번을 다시 떠올려 봐도 딱 그 부분에 관한 기억만 사라지고 없었다. 편지를 발견했을 때 자신이 어떤 기분(당연히 놀라고 두려웠을 테지만, 한편으론 묘하게 냉정했던 것도 같다. 인정하고 싶지 않았는지도 모른다)이었는지, 뭘 생각했는지(아무 생각도 할 수 없었거나 반대로 온갖 생각이 들었는지도 모르겠다. 그리고 아마도, 별일 아니겠거니 여기려 했으리라. 딸도 이츠카도 어차피 애들이다. 그러니 곧 돌아올 거라고, 대수롭지 않게 여겼다. 아니, 그랬을까? 어쩌면 그 반대였는지도 모르겠다. 어쨌든 이미 엎질러진 물이라고, 그러니 소란 피워 봤자 헛일임을 은연중에 깨닫고 있었던 것도 같다).

분명히 기억나는 건 편지를 발견하기 전에 자신이 했던 생각이다. 편지를 발견하기 전, 리오나의 인생에 아직 딸이 있고 네 식구의 일상이 쭉 계속될 것이라 믿어 의심치 않았던 나날의 마지막 순간에 했던 생각—. 수요일에는 늘 그렇듯이 아들을 아이스하키 클럽에 데려다주고 세탁소에 들렀다 귀가한 후, 내 집의 공기를 예사롭게 호흡하면서,

나는 U 발음에 문제가 있어.

리오나는 그런 생각을 하던 참이었다. 그것은 소소한 발견이었다. church(교회), further(게다가), ugly(추악한), bathtub(욕조), bourbon(버번). 상대방이 못 알아듣거나 되묻는 단어에는 어김없이 U가 포함되어 있고, 무슨 조화인지 그 단어들은 자신의 인생에 꼭 필요한 것들뿐이었기 때문이다.

나란히 놓인 두 침대 중 하나에 배를 깔고 누워 리세스 초콜릿을 먹으면서 레이나는 TV를 보고 있다. 옆 침대에는 사촌 언니인 이츠카짱이 지도며 가이드북이며 시각표 따위를 죽 펼쳐 놓고 그 한가운데에 책상다리하고 앉아 있다. 창밖은 뉴욕 소호. 이

곳은 무척 세련된 호텔이다. 프런트 데스크는 작은 도서실 같은 곳에 있었고 복도에선 좋은 냄새가 났다. 객실 벽은 노출 콘크리트로 마감되어 있지만, 침대는 아주 폭신폭신한 게 기분 좋다. 게다가 이불이며 베개며 모든 침구가 눈이 부실 정도로 하얗다. 맨해튼에는 가족끼리 여러 번 와 봤지만 당일치기가 대부분이었고, 어쩌다 자고 갈 때—일본에서 손님이 왔을 때—도 좀 더 외곽에 자리한 크고 평범한 호텔에 묵었다. 다운타운 쪽이 확실히 재미있는데.

"있잖아, 이츠카짱."

레이나는 사촌 언니에게 말해 본다.

"꼭 내일 출발해야 해?"

"그래야 해."

사촌 언니의 대답은 쌀쌀맞다. 여정을 짜느라 여념이 없는 듯 레이나에게 눈길 한번 주지 않았다.

"그치만 이 부근에는 예쁜 옷 가게라든지 잡화점 같은 게 잔뜩 있잖아? 아마 맛있는 빵집이랑 카페도 엄청 많을걸?"

이번에는 대답도 없었다.

도리 없이 레이나는 다시 TV로 의식을 되돌린다. '베터 댄 더 파이' 재방송이다. 얼마 전까지 학교 여자아이들 사이에서 인기 있었던 드라마인데 집에서는 못 보게 했지만, 다행히 녹화해 둔 친구가 있어서 그 아이 집에서 레이나도 전편을 거의 다 봤다. 일곱 명의 고등학생 이야기로, 연애하고 싸우고 성폭행당하고 자살 미수를 일으키고, 어린아이를 도우려다 차에 치여 한쪽 다리를 잃고, 부모의 빚을 갚기 위해 다니던 학교를 중퇴하고 돈벌이에 나서고, 속아서 마약 운반책이 (자신도 모르는 사이에) 되는 바람에 경찰에 붙잡혀 가기도 한다. 매회 굉장한 일들이 일어나다 보니 한시도 눈을 뗄 수가 없었다. 레이나는 굉장한 일이 좋다. 굉장한 일은 TV 드라마나 영화나 책 속에서만 잔뜩 일어난다. 레이나네 집에서는 그런 종류의 TV 프로그램은 거의 볼 수가 없고 영화관에도 아주 가끔씩밖에 데려가 주지 않지만, 책은 얼마든지 읽고 싶은 만큼 사 준다. 일본에서도 그랬고 미국에 오고 나서도 그렇다. 그래서 레이나는 지금껏 책을 많이 읽었다. 샐린저를 비롯해 미란다 줄라이, 데니스 루헤인, 무라카미 하루키, 요시모토 바나나, 다자이 오사무가 쓴 책도 읽었다. 좀 더 어렸을 때는 『이상한 나라의 앨리스』라든지 『곰돌이 푸』, 『나니아 연대기』를 읽었다. 재미있었던 책은 그 밖에도 이것저것 많지만(바로 얼마 전에도 엄마 책장에 꽂혀 있던 『아마릴리스』라는 책을 읽은 참이다), 가장 좋아하는 건 뭐니 뭐니 해도 어빙이다. 어빙의 소설 속에선 굉장한 일이 끊임없이 일어난다.

여기 초등학교로 전학 온 후 얼마 지나지 않아 레이나는 책벌레bookworm라는 별명을 얻었다. 그 별명을 붙여 준 사람은 학생이 아니라 교사였고, 딱히 놀림받거나 따돌림당한 건 아니었지만 그래도 벌레worm 따위로 불리는 건 기분 나쁘고 마뜩잖았기 때문에 중학생이 된 후론 될 수 있는 한 학교에서는 책을 읽지 않고, 아이들 사이에서 겉돌지 않도록 엄마 몰래 싸구려 화장품을 사서 바르거나 전혀 관심 없는 원 디렉션 밴드에도 관심 있는 척했다. 그 다섯 멤버 중에 누가 제일 멋있어 보이는지 물어 오면 바로바로 대답할 수 있게 준비도 해 두었다.

"레이나, 플래그 스톱이 뭐야?"

이츠카짱이 물었다.

"작은 역. 평소에는 열차가 서지 않고 그대로 통과해 버려. 누군가 타거나 내리는 사람이 있을 때는 다르지만."

"타거나 내리는 사람이 있는지 없는지 어떻게 아는데?"

"몰라."

연하인 레이나는 냉큼 대답했지만, 나이가 아래여도 이 나라에 관한 일은 자신이 가르쳐 줘야 하는 입장이었던 것을 떠올리고는,

"잘 모르겠지만, 표를 사면 연락이 가지 않을까? 차장한테."

라고 상상해서 말해 보았다. 침대에서 내려와 리세스 초콜릿 포장지를 휴지통에 버린다.

"그래?"

이츠카짱은 그다지 미덥지 못하다는 투로 말했다.

"그럼, ET는 뭐야?"

"ET?"

모르는 거라서 되묻고 난 후 사촌 언니가 읽고 있는 것—이라기보다 읽어 보려는 것—을 들여다보니 그건 열차 시각표였다.

"아, 이스턴 타임존의 줄임말이야, 동부 표준시라고 하지? 여기 보면 CT니 MT라고 쓰여 있잖아. CT가 센트럴 타임존이고, MT가 마운틴 타임존. 미국은 국내에서도 시차가 있으니까."

그르르, 하고 앓는 듯한 소리를 내고서 이츠카짱은 시각표를 팽개쳤다.

"아 진짜, 뭐가 이리 복잡해."

책이며 지도가 널려 있는 침대 위에 털썩 드러눕는다. 하늘색 셔츠에 군청색 스웨터, 그리고 청바지. 이츠카짱은 파란색을 좋아한다. 그러고 보니 여름에 입었던 비키니도 선명한 파란색이었다. 그래서 짧은 머리에 키가 크고 빼빼 마른, 옛날부터 잘 아는 이 사촌 언니의 가슴이 어른처럼 풍만한 것을 보고 올여름 레이나는 경악했다.

이츠카짱과는 일본에 살 때 자주 어울려 놀았다. 부모들끼리 친하고 집도 가깝다 보니 서로의 집을 자주 오갔고 여름에는 바다로, 겨울에는 스키장으로 두 가족이 함께 다녔다. 할아버지, 할머니가 사시는 오카야마 집에서는 둘이 한 방에서 나란히 이부자리를 깔고 잤다. 아버지 일 때문에 레이나가 미국에 온 후로는 일 년에 한 번 귀국할 때, 그리고 이츠카짱네 가족이 이쪽으로 놀러 왔을 때만 만날 수 있었지만, 이번 여름부터 이츠카짱이 이곳 학교에 다니게 되어서 레이나 집에 살고 있다. 살고 있었다고 해야 하나? 이렇게 둘이서 지금은 집을 떠나 있으므로.

"우리, 지금 소호에 있다고."

신나는 감정과 믿기지 않는 감정을 반반씩 안고 레이나는 말했다.

"그리고, 내일은 뉴욕을 떠난단 말이지."

우리, 미국을 봐야 해. 그렇게 여행을 제안한 사람은 이츠카짱이었다. 레이나 방에서 몇 날 며칠 동안 계획을 다듬었다. 그게 마침내 현실이 된 것이다.

"이츠카짱, 레이나, 가슴이 두근두근거려."

온몸에서 솟구치는 기쁨이 그대로 배어 나오는 목소리로 레이나는 말했다. 둘만의 여행이란 조금 '굉장한 일'이다. 그렇지 않을까.

"우리, 어디든 갈 수 있는 거지?"

대답은 알고 있었지만—사촌 언니에게 누차 들은 말이었기에—, 다시 한번 묻는다. 사촌 언니는 벌떡 일어나 싱긋 웃고 나서 레이나가 듣고 싶었던 말을 해 준다.

"물론이지. 못 갈 이유가 없잖아?"

라고 별일 아닌 듯이.

"치—크cheek!"

레이나는 좋아라 외치며 사촌 언니의 뺨에 자기 뺨을 갖다 댄다. 창밖은 해 질 녘으로 가로등이며 상점의 불빛이 길 위에 부드럽게 넘쳐흐른다.

"레이나, 너, 피넛버터 초콜릿 냄새 나."

이츠카짱이 그렇게 말하며 웃었다.

국제 전화가 걸려 온 시각은 오전 6시 50분. 미우라 신타로는 아직 자고 있었다.

"리오나짱이야. 이츠카가 또 뭔 일을 저지른 모양이야."

흔들어 깨우는 아내한테서 무선 전화기를 건네받았다. 신타로는 눈을 껌뻑이며 졸음을 쫓고 한쪽 손으로 머리를 긁적인다. 잠에서 깰 때면 늘 두피가 근지럽다.

"여보세요."

쉰 목소리가 나왔다.

"신짱?"

여동생의 목소리는 단조로웠다.

"거긴 아침이겠네. 자는데 깨워서 미안. 그런데 이츠카가 없어졌어, 레이나를 데리고."

이해하는 데에 조금 시간이 걸렸다.

"없어졌어?"

곁에 서 있던 아내가 눈썹을 치켜올리며 입을 삐죽 내밀어 보인다.

"으응, 아마도."

여동생의 대답이 왠지 어설프다.

"거실에 편지가 놓여 있었어."

레이나가 썼다는 그 편지를 여동생은 전화기에 대고 소리 내어 읽었다.

"디어 댓 앤 맘Dear dad and mom."

"뭐라고?"

"디어, 대드, 앤드, 맘. 그것만 영어야."

"어어."

"아, 마지막의 '러브'도 영어네."

"응."

"이츠카짱이랑 여행을 떠납니다. 가출은 아니니까 걱정하지 마시고요. 전화도 하고 편지도 쓸게요. 여행이 끝나면 돌아올 거예요. 러브Love. 레이나."

신타로로서는 뭐가 문제라는 건지 알 수 없었다.

"여행 가면 안 되는 거야?"

"여긴 미국이고, 레이나는 아직 열네 살이거든?"

리오나가 말한다.

"집 근처 말고는 혼자 나다니게 한 적도 없어. 어딜 가든 차로 데려다주고 데려오는 거, 알잖아?"

알고 있었다.

"여행이라면, 어디로 갔는데?"

리오나는 한숨을 내쉰다.

"그걸 모르니까 걱정이지. 어디에 가는지, 언제 돌아오는지도 쓰여 있지 않으니까."

아내가 신타로의 어깨에 카디건을 걸쳐 주었다.

"하지만 전화하겠다고 했으니 기다리면 되는 거 아냐?"

"레이나는 아직 열네 살이거든?"

힘없는 목소리로 리오나는 같은 말을 되풀이했지만, 곁에 있는 아내는 이미 긴장이 풀린 모습이었다. 신타로의 말과 어조로 보아 심각한 사태가 아님을 판단했으리라.

"이츠카도 아직 열일곱이잖아? 물론 어린애는 아니야. 원래대로라면 고등학교에 다닐 나이니까."

외동딸인 이츠카는 반년 동안 등교 거부를 이어 오다 작년에 고등학교를 자퇴했다. 학교 성적은 좋았고 고졸 인정시험에도 합격했기에 미국 대학으로 유학을 보냈다. 하긴 아직 학부생은 아니고 대학 부설 어학원에 다니는 몸이었지만.

"그 애는 외모도 그렇고, 말하는 것도 어른스럽지만, 아직 미성년자임에는 변함없어."

여동생이 이번 일을 이츠카의—다시 말해 신타로의—책임이라 여기고 있다는 건 굳이 말하지 않아도 알 수 있었다. 여행을 떠날 거면 저 혼자 가면 됐잖냐고 여긴다는 것도.

"학교만 해도, 둘 다 이미 신학기가 시작됐는데."

남편이 돌아오면 아마도 경찰에 연락하게 될 거라고, 리오나는 말했다. 여긴 이미 날이 저물기 시작했고, 달리 어찌해야 좋을지 알 수 없어서, 라고.

신타로는 여동생 부부에게 폐를 끼치게 되었다며 사과했지만, 이 시점에서는 아직 아이들의 안부에 대해선 거의 걱정하지 않았다. 걱정은커녕 이츠카답다며 내심 유쾌하기까지 했다. 제법이지 않은가, 라고.

그러나 미우라 신타로 또한 여동생에게서 국제 전화가 걸려온 이 10월의 아침을, 하나의 분기점으로써 훗날 두고두고 떠올리게 된다. 전화를 끊고 아내를 찾았지만 보이지 않았던 것(아내는 쓰레기를 버리러 나가고 없었다), 돌아온 아내와 둘이 아침을 먹었던 것, 이츠카가 레이나를 데리고 여행을 떠났다고 알렸지만 아내가 놀라지 않았던 것(신타로와 마찬가지로 아내 눈에도 순간 재미있어하는 빛이 떠올랐다)—. 신타로도 아내도 젊은 시절엔 배낭여행족으로 여기저기 돌아다녔고 귀한 자식일수록 여행을 보내라는 속담이 옛날부터 아주 마음에 들었다.

거리는 완전히 어두워져 버렸다.

고급 델리카트슨의 창가 카운터석에 레이나와 나란히 앉아 이츠카는 지금 김초밥을 먹고 있다. 냉장 케이스에 진열되어 있던 그것은 선득하면서 청결한 맛이 났다.

"우선 표를 사야 해."

델리카트슨 바로 앞이 버스 발착지인 포트 오소리티 터미널이다. 가이드북에는 당일에도 표를 구매할 수 있다고 적혀 있었지만, 만석일 때도 있다기에 급한 여행은 아니라 해도 만일을 위해 우선 사 두고 싶었다. 그리고 그런 자신이 소심하게 느껴졌다. 무계획적인 여행을 하자고 마음먹었으면서—.

"맛있다."

새 모자를 쓰고 신이 난 레이나가 말했다. 호텔 옆 부티크에서 방금 전에 산 그 수수한 니트 모자(모스그린과 카키색이 섞인)는 하얀 피부에 인형같이 어려 보이는 얼굴의 레이나에게 잘 어울린다.

"여기 오이는 색깔도 그렇고, 풍미가 허니듀 멜론 같네."

오이 김초밥을 하나 집어 들며 이츠카가 말하자,

"그게 오이 아냐?"

하고 레이나는 재미있다는 듯이 대답했다. 가출이나 다름없이 집을 나왔는데도 전혀 불안해 보이지 않는다(이츠카는 물론 불안했다. 지금쯤 고모네는 틀림없이 걱정하고 있겠지).

"일본 오이는 맛도 색도 좀 더 진하지."

아츠카는 그렇게 말하고 뜯지 않은 작은 간장 봉지—여분으로 받아 온 것—를 살며시 집어 코트 주머니에 찔러 넣는다.

"그랬나?"

레이나는 일본 오이에 관한 기억을 아주 잊어버린 모양이었다.

포트 오소리티 터미널에는 밤에도 사람이 많았다. 건물 안은 형광등이 훤하게 밝고 번잡스럽다. 너 나 할 것 없이 걸음을 서두르는 탓인지, 큼직한 수하물마다 생활감이 묻어 있는 탓인지 이츠카는 어쩐지 압도당하고 만다. 미국에는 유색 인종이 많구나—물론 나도 그중 하나이지만—하는 생각이 새삼 든다.

"이쪽."

레이나가 앞장서서 안내 표시를 도우미 삼아 에스컬레이터를 내려간다. 매표소는 지하에 있는 모양이다.

미국 유학은 고등학교를 중퇴해 버린 딸을 위해 부모님이 마련해 준 대안이었지 이츠카 스스로 원한 일은 아니었다. 그렇다고 딱히 일본에 있고 싶었던 건 아니고, 미국 외에 달리 가고 싶은 곳이 있었던 것도 아니다. 요컨대 이츠카에게는 '바람'이라는 것이 없었다. 바라지 않는 것만 잔뜩 있다. 자신이 무얼 어떻게 하고 싶은지, 그건 몰라도 '싫은 것'만큼은 확실히 안다(그렇다

보니 이츠카가 가장 자주 쓰는 영어 단어가 'No(노)'다).

지금껏 살아오는 동안 이츠카에게 'No'였던 것은 이를테면 학교이고, 연애이고, 여자아이들이었다. 살찌는 것도, 친구와 수다 떠는 것도, 글짓기며 일기 쓰기도 'No'였고, 친구네 집에 가서 자는 것도, 친구가 집에 놀러 와서 자는 것도, 록 콘서트장에서 다 같이 열광하는 것도 'No'였다. 긴 전화 통화도, 즉각적인 답신이 의무와도 같은 모바일 메신저도, 담배도, 화장도, 사진 찍히는 것도, 억지웃음을 짓는 것도, 그런 웃음을 보는 것도 전부 'No'였다. 헤아리자면 한도 끝도 없는 그 'No' 속을 이츠카는 간신히 살아남아 왔다. 그것은 피곤하기 짝이 없는 일이었기에 열일곱 살이 어리다는 건 알지만 이츠카는 가끔 자신이 노인 같다고 느꼈다.

표는 바로 살 수 있었다. 창구에서 담당 직원과 묻고 답할 필요도 없이 발매기에서 간단히.

어째서 옆집 부부가 와 있는지 알 수 없었다. 에드워드와 앨리스 벌링턴 부부는 선량한 사람들이지만, 이래서야 마치 옆집 사람이 달려와야만 할 만큼 심각한 사태가 이 집에서 일어난 것 같지 않은가.

"언제 온 거야?"

그 사람들을 가리키며 아내 리오나에게 일본어로 슬며시 물었더니,

"아까. 경찰차 왔을 때."

라는 대답이 돌아왔다. 기사카 우루우는 영 마뜩잖다. 에드워드가 어깨를 두드리며 위안의 말을 건네는 것도, 앨리스가 커피를 권하는 것도. 신고를 받고 바로 와 주었지만 30분도 안 돼 돌아간 경찰 둘이 하나같이 애들처럼 어려 보였던 것도, 현재로선 사건성이 없다는 둥 의례적인 말만 했던 것도. 사건이 되고 나선 늦으니까 신고한 것인데—.

"순찰 차량에는 연락을 해 두었으니까요."

뚱뚱한 흑인 여성 경찰이 말했다.

"근처에 있으면 찾을 수 있을지도 모릅니다."

라고.

"있을지도 모릅니다?"

우루우가 성난 기색을 드러내자 여성 경찰은 목을 움츠리며 양어깨를 으쓱해 보였다. 태연한 표정이었다. 눈곱만큼도 걱정하는 것처럼 보이진 않았고, 진심으로 찾으려 하는 것 같지도 않았다.

"편지 보셨죠? 내용도 설명했고요. 그 애들은 산책 나간 게 아니라 더 멀리 가려고 하는 겁니다. 더구나 한 아이는 돈을 갖고 있어요. 부모의 신용 카드도. 지금쯤 암트랙을 타고 있을지도 모릅니다. 아니, 점심 무렵부터 안 보였으니 이미 다른 도시에 가 있을지도 모른다고요."

여성 경찰은 또다시 목을 움츠렸다. 어쩔 도리가 없다는 듯이.

"필라델피아일지, 볼티모어일지 누가 압니까."

우루우는 말을 이었다.

"나이아가라! 그래, 나이아가라일지도 몰라. 전에 가족끼리 다녀온 적이 있어요. 폭포를 보러. 거긴 관광객들 천지라서 일본 애들이 있다 한들 눈에 띄지 않고, 다리 하나만 건너면 바로 캐나다예요. 거기라면 걸어서 국경을 넘을 수 있다는 걸 레이나는 알고 있습니다."

"저희도 알고 있습니다."

그렇게 말하는 여성 경찰의 지극히 침착한 어조에 우루우는 화가 났지만, 자신의 요구—여기고 저기고 다 찾아다녀 봐 달라—가 지나치다는 것도 알고 있었다. 막연한 추측에 의미가 없다는 것도. 만약 이츠카가 서해안행 항공권을 구입했다면? 아니면 플로리다행? 디즈니랜드건 월드건 그런 곳을 목표 삼아.

"선생님."

다른 한 경찰—남미계로 보이는 생김새에 체격이 왜소한 남성 경찰—이 끼어들었다.

"걱정하시는 마음은 알겠습니다."

또다시 '위 노우We Know'였다.

"하지만, 저희로서는 오늘 밤 이 이상 할 수 있는 일이 없습니다."

우루우도 실은 알고 있었다. 알면서도 마냥 손을 놓고 있을 수 없어서,

"딸아이는 아직 열네 살입니다."

하고, 매달리는 심정으로 말했다.

"알고 있습니다. 좀 전에 말씀해 주셨으니까요. 하지만 따님은 혼자가 아니라 사촌 언니와 함께이고, 편지에는—."

달리 방법이 없었다.

"찾게 되면 바로 보호 조치하고 연락드리겠습니다."

남성 경찰이 그렇게 말하고 돌아가려 했을 때였다. 우루우로서는 어이없게도 여성 경찰이 선 채로 커피를 마시고 있었다(아마도 앨리스가 내주었으리라).

"선생님."

현관 입구에서 남성 경찰이 돌아보았다.

"한 가지 조언을 드려도 되겠습니까? 따님들이 하루빨리 돌아오길 바라신다면, 신용 카드를 정지시키세요."

그 왜소한 남미계 젊은이는 그렇게 말하고, 바람둥이 같은 미소까지 여유롭게 흘렸다.

"괜찮아요."

또다시 앨리스가 우루우의 등에 손을 얹으며 말한다.

"이츠카가 함께 있고, 레이나는 순수하고 착한 아이니까요. 틀림없이 곧 돌아올 거예요."

소파에는 리오나와 에드워드가 나란히 앉아 있고 그 맞은편 팔걸이의자에는 옆집의 테리어를 무릎에 앉힌 채 아들 유즈루가 얌전히 앉아 있다. 그것은 레이나의 부재를 구체적으로 결정짓는 광경이었다. 평소 같으면 옆집 개를 안고 놔주지 않는 건 레이나였고, 유즈루가 이렇듯 얌전한 건 어디가 아프지 않은 한 있을 수 없는 일이므로.

"유즈루."

우루우는 갑자기 아들이 딱해 보여 말을 걸었다.

"걱정할 것 없으니까 넌 이제 올라가서 자렴."

바로 그때 리오나가 웃음소리를 냈다. 우루우가 흠칫했을 정

도로 짧고 메마른 웃음소리를 내며,

"urgent(긴급한)!"

하고 큰 소리로 말한다.

"urgent도 U로 시작되는 단어였어."

그게 뭐가 우스운지 우루우로서는 알 길이 없었다.

여덟 시에 일어날 예정이었는데 레이나가 눈을 떴을 때는 일곱 시도 되기 전이었다. 블라인드 탓에 방 안은 어둡다. 그래도 사물의 형체가 전부 또렷이 보일 정도로는 밝았다. 옆 침대에서 자고 있는 이츠카짱이 깰세라 살그머니 창가로 간다. 블라인드 옆 틈새로 바깥을 보니 이미 해님이 떠올라 있었다. 화장실에 다녀온 후 욕실 거울에 비친 자신의 모습을 찬찬히 본다. 많이 큰 목욕 가운을 입고 선 것은 분명 여느 때와 다를 바 없는 자신인데, 지금 집을 떠나 이런 장소에 있다는 것이 어쩐지 믿어지지 않았다.

레이나 방에서 수도 없이 작전 회의를 하던 중에—그 방! 바로 어제까지 그곳에 있었으면서 벌써 그리워진다—, 이츠카짱과 둘이서 이번 여행에 관한 여러 가지 규칙을 정했다. 예를 들면 이런 거다(이 밖에도 몇 가지 세부 사항이 더 있지만, 노트를 보지 않으면 다 기억해 내기 어렵다).

• 짐은 최소한으로 한다.

• 육로를 이용한다(이것을 주장한 건 이츠카짱이다. 항공편이 빠르고 편리한데).

• 누가 물으면 이츠카짱은 스물한 살이라고 대답한다.

• 누가 물으면 일본에서 온 관광객이라고 대답한다.

• 집에 전화할 때에는 공중전화를 이용한다.

• 휴대 전화는 긴급할 때에만 사용하고, 여행하는 동안에는 전원을 꺼 둔다(GPS 기능이 딸려 있을지도 모르므로).

• 편지는 언제 어느 때 써도 상관없지만, 구체적으로 어디에 있는지 언급한다거나 다음 행선지를 밝혀선 안 된다.

그리고 그중에서도 가장 중요한 두 가지 규칙은,

• 앞으로 이 여행 기간 동안에 일어난 일은 영원히 둘만의 비밀로 한다.

• 만약 도중에 돌아가고 싶어지더라도 여행이 끝날 때까지는 절대 돌아가선 안 된다.

라는 것이었다.

여행은 즐거웠지만, 규칙을 떠올릴 때면 레이나는 조금 긴장이 된다. 규칙이란 깨면 안 되는 것이므로, 깰 생각 따위 없다 해도 중요한 것이다 싶으면 그 점만으로도 긴장하고 만다. 왜 그런지는 모르겠지만 레이나는 중요한 것이 늘 두려웠다.

이츠카짱은 8시 10분 전에 일어났다(몇 시에 알람을 맞춰 놓든 그 시간이 되기 조금 전에 눈이 떠지는 체질이란다). 둘이서 차례대로 샤워를 한 후 아침 식사는 거르고 체크아웃했다. 엄마가 알면 화를 낼 거라고 레이나는 생각한다. 집에서는 절대로 아침을 거를 수 없으니까. 먹고 싶지 않아도, 시간이 없어도.

"해브 어 나이스 데이Have a nice day."

호텔 직원의 인사말을 등 뒤로 들으면서 문을 나서자 바깥은 눈이 부실 정도로 맑았다.

"아침!"

레이나는 저도 모르게 소리 내어 말한다. 지금이 아침인 건 알고 있었고, 이츠카짱 또한 당연히 알고 있으련만.

걷다 보니 거리의 냄새가 점점 달라졌다. 신선한 바깥 공기, 음식물 쓰레기, 배기가스, 커피와 페이스트리, 그리고 지하철 입구에서 비어져 나오는 퀴퀴한 냄새.

금방 돌아올 거니까.

계단을 내려가면서 마음속으로 가족에게 말했다. 가족에게, 하지만 어쩌면 자기 자신에게.

“레이나, 쪼꼬미 양파 얼굴, 기억나?”

옆에서 이츠카짱이 물었다.

“쪼꼬미 양파 얼굴?”

되물었지만 실은 기억하고 있었다. 레이나가 양 볼에 바람을 넣어 부풀렸을 때의 얼굴을 말하는 것인데, 그렇게 하면 작은 양파를 똑 닮았단다. 레이나가 아직 유치원에 다니던 무렵, 이츠카짱이 그것을 발견했다. 이후 종종 해 보라고 졸라 댔고, 그때마다 레이나는 뺨을 빵빵하게 부풀려 보였다.

“아하하, 다 기억하면서. 레이나는 거짓말이 서툴다니까.”

개찰구를 통과하면서 이츠카짱이 웃는다. 기억나지 않는다고 말 못 한 이유는 레이나도 뒤따라 웃음이 터지고 말았기 때문이다.

“해 봐.”

이츠카짱이 조른다.

“응? 해 봐봐.”

지하철을 타고 가는 내내 졸라댔지만(이츠카짱은 꽤 끈질긴 편이다), 레이나는 응하지 않았다. 그 얼굴이 지금도 나올지 어떨지 자기 자신도 알 수 없었기 때문이다.

장거리 버스의 배 속에 짐들이 차곡차곡 실린다. 그러나 이츠카는 자신들의 차례가 되자 짐을 맡기길 거부했다. 다른 승객들의 짐에 비해 자신들의 짐은 훨씬 작기도 했고 이것저것 중요한 물건이 들어 있어서 손 닿지 않는 곳에 놔두고 싶지 않았다. 수염을 기른 중년 직원이 목을 살짝 움츠리더니, 그럼 그냥 타라고 말하는 듯이 엄지로 어깨 뒤를 가리킨다. 30번 게이트는 지하 2층으로 밤처럼 형광등이 적막하게 비추고 있다. 바깥의 맑은 하늘이 거짓인 양.

"먼지 냄새 나."

차에 오르면서 레이나가 말한다.

"그보단, 디젤 엔진 냄새 같은걸."

이츠카가 대답했다. 냄새는 코라기보다 입으로 들어오는 것처럼 느껴졌다.

차 안 전체가 보이는 자리여야 안심이 될 것 같아서 맨 뒷자리에 나란히 앉는다. 저마다 배낭을 무릎 위에 올린 채. 레이나는 배낭 외에도 천 가방을 어깨에 비스듬히 걸쳐 메고 있다.

"저쪽 끝에 기대."

이츠카는 레이나에게 지시하고 자신은 반대쪽 창가에 기댔다. 만약 버스에 빈자리가 많으면 무릎 말고 옆자리에 짐을 놔둘 수 있게. 레이나는 일단 그 지시에 따랐으나 이내 불안한 얼굴을 하고, 둘 사이에 다른 사람이 끼어 앉기 전에 이츠카 옆으로 돌아왔다.

“혼자는 싫어.”

라고 한다. 그리고 곧바로 알게 된 사실이지만, 어차피 버스는 만석이었다. 승객이 전부 탑승하자 운전기사가 마이크로 주의사항을 나열했다. 휴대 전화 사용은 절대 금지라느니, 술을 마시는 것도 금지라느니, 소리 나는 게임도 하면 안 된다느니. 대충 보니, 승객의 반이 학생이고 나머지 반은 노인이었다.

시각표가 맞는다면 이 버스는 오후 4시에 보스턴에 도착한다.

딱히 보스턴이 아니어도 상관없었다. 하지만 어딘가에 가려면 그 어딘가가 어디인지 정해야 하고, 정하지 않고 찾아 나선다 해도 우선 어디서부터 시작할지 정해야 한다. 그래서 레이나가 메인주에 가고 싶다 했으니 그곳에 가깝게 일단 북상해 보기로 한 것이다.

육로를 이용하기로 결정한 건 이츠카다. 육로로 이동하면 풍경이 보인다. 이 나라가. 적어도 그 일부가. 가고 싶은 장소나 가고 싶지 않은 장소가 따로 없고 딱히 하고 싶은 게 있는 것도 아니어서, ‘No’만 있는 이츠카에게 ‘본다’는 것은 유일하게 ‘Yes’였다. ‘Yes’라고 확신을 가지고 말할 수 있는 것.

이 기념해야 할 첫 버스는 그리하여 이츠카에게 실망을 안긴다. 지하를 출발하고 나서 한동안 터널 상태로 길이 이어지고, 마침내 지상으로 나왔나 싶으면 그 후로는 줄곧 고속도로여서 한없이 이어지는 펜스와 먼 나무숲, 게다가 화려하고 거대한 간판밖에 보이지 않았기 때문이다.

작다고는 해도 무릎에 얹어 두기엔 크고 무거운 배낭 밑으로 레이나가 이츠카의 손을 꽉 붙잡는다.

"걱정돼?"

손을 잡힌 채 묻자,

"전혀."

라고 레이나는 대답한다.

"그냥, 조금 두근거리기 시작했어."

라고.

이츠카는 고모 부부를 생각했다. 보나 마나 화가 나 있을 것이다. 불량한 조카딸을 맡자마자 이 무슨 일이냐고 (특히 고모부는) 생각할 것이다. 미국에 오고 나서 갑자기 교회를 좋아하게 된 듯한 고모는 틀림없이 하나님에게 기도하고 있을 테지.

"돌아가고 싶어지면 돌아가도 돼, 레이나는."

차창에 머리를 기대며 그렇게 말하자,

"어째서?"

하고 벌컥 성이 난 듯한 목소리가 돌아오면서 이츠카의 손을 덮고 있던 레이나의 손이 떨어진다.

"왜 그런 말을 해? 규칙을 정했으면서. 벌써 까먹은 거야?"

레이나는 진지한 얼굴을 하고 있었다.

"그런 건 아닌데."

차 안은 놀랍도록 조용하다. 자신들 두 사람과 초로의 커플 한 쌍 외에는 전부 혼자 타고 가는 사람들뿐이라서일 테지.

"배고프다."

레이나는 그렇게 중얼거리며 등받이에 기대고는 다시 배낭 밑으로 이츠카의 손을 잡았다.

"응. 도착하면 뭐든 먹자."

뭘 먹고 싶은지 묻자, 레이나는 잠시 고민하다 팬케이크라고 대답했다.

그토록 맑았던 하늘이 어느새 흐려져 있었다. 차 안은 난방이 되고 있고 누군가가 씹는 껌의 인공적인 체리 향이 감돈다.

버스는 쉼 없이 달리고, 가만 보니 레이나는 잠이 들어 있었다. 이츠카는 배낭 주머니에서 아이팟 이어폰을 꺼내 양쪽 귀에 꽂는다. 호세 곤잘레스의 노래를 들으며 변함없는 창밖 풍경을 바라본다.

보스턴에는 비가 내리고 있었다.

버스에서 내린 때는 4시 정각이었다. 그런데도 이미 땅거미가 짙다. '춥다'는 것이 이츠카의 머릿속에 떠오른 생각이었다.

"왜 이리 컴컴해?"

라는 것이 레이나가 한 말이었다. 자다 깬 멍한 표정이다. 터미널 안 벤치에 앉아 이츠카는 접이식 지도를 펼쳤다. 원래는 걸어서 차이나타운을 지나 그 부근에 밀집한 호텔 중 한 곳에 방을 잡을 예정이었다. 거기다 짐을 놔두고 거리를 좀 걸으며 상황을 파악한 뒤 조금 이른 저녁(이랄까, 오늘의 첫 끼니)을 먹을 생각이었다. 하지만 비가 내리고 있어서 우산 없이는 추우니 가깝더라도 지하철을 타는 편이 나을지도 모르겠다.

"저기, 레이나."

걷는 게 좋은지 지하철을 타는 게 좋은지 물어보려고 고개를 들어 보니, 옆에 있어야 할 레이나는 어느 틈엔가 안쪽 자판기 앞에서 젊은 백인 일행 세 사람(남자 둘에 여자 하나)과 뭔가 이야기를 나누고 있었다.

"레이나!"

소리쳐 부르자 스티로폼 컵에 든 핫초콜릿을 손에 들고 되돌아와서는 흥분한 목소리로 말한다.

"이츠카짱, 있잖아, 저 사람들 고래를 보러 왔대. 고래 보러 가자, 레이나 너무 보고 싶어. 너무너무 보고 싶어."

이츠카는 이 사촌 여동생이 옛날부터 몸집이 큰 동물을 좋아했다는 걸 기억해 냈다.

"하지만 그 전에 숙소부터 정해야 해."

이츠카 말에 레이나는,

"알겠어."

라고 대답하고, 들고 있던 컵을 내밀었다.

"마셔. 따뜻해지니까."

그 말을 남기고 좀 전의 그 세 사람 곁으로 다시 가 버렸다. 이츠카는 거품이 이는 그 달달한 액체에 입을 댄다. 밍밍한 게 싸구려 맛이 났지만 뜨거웠고, 텅 빈 위장에 스며들었다.

결국 지하철을 선택했다. 레드라인으로 파크 스트리트까지 두 정거장. 맨 처음 눈에 띈 호텔에 빈방이 있었다. 가이드북에 '최고급'이라고 쓰여 있던 호텔로 아담했다.

"아직 시간 있으니까, 먼저 목욕해도 돼?"

호텔 방에 들어서자 레이나가 말했다. 시간이 있다는 건 저녁 식사 때까지라는 의미이고, 레이나는 아까 그 세 사람과 함께 식사하기로 약속을 잡아 버렸다.

"어차피 이것저것 물어봐야 하잖아? 고래 보러 갈 배편이라든지."

지하철 안에서 그렇게 설명했다. 마크, 퍼거스, 리비. 그게 그 사람들의 이름이며, 리비와 마크가 남매지간이고 퍼거스와 리비가 커플이라는 것도.

"좋을 대로 해. 난 그동안 산책 나갔다 올게."

창밖을 보면서 말했다.

"산책? 하지만 비 오는데."

"상관없어."

쌀쌀맞게 대답한다. 침대에 앉아 지도를 펼쳤다. 호텔 주변 길을 어느 정도 알아 두고 싶었다.

"우산은?"

"프런트에서 빌릴 거야."

레이나는 좀처럼 욕실에 들어갈 생각을 하지 않는다. 천 가방 안을 뒤적거리는가 하면 TV를 켰다가 금세 꺼 버린다. 그러더니 불쑥 얼굴을 들여다보며 묻는다.

"화났어?"

"별로."

대답하고 지도를 접는다. 화낼 생각은 없었지만 낯선 사람들과 같이 밥을 먹는 건 내키지 않았다. 레이나가 침대로 올라온다.

"화내면 안 돼."

그러면서 이츠카를 뒤에서 옴짝달싹 못 하게 꽉 끌어안았다. 어린아이처럼 가느다란 팔다리로. 이츠카는 레이나째 벌렁 드러누우려 했지만 등을 젖히자마자 그만 침대에서 미끄러져 떨어지고 말았다. 꺄악꺄악 난리 치는 레이나와 함께 엉덩방아를 찧는다. 그대로 레이나의 어깨에 기대어 이츠카는 천장을 바라보았다.

몸이 차가워져 있던 터라 목욕을 하기로 한 건 아주 좋은 생각이었다. 욕조 물에 몸을 담근 채 향긋한 비누로 팔다리를 씻으면서 레이나는 그리 생각했다. 욕실은 넓고 청결하고 쾌적하다. 다만 방에 혼자 있다고 생각하니 불안하기도 했다. 산책 나간 사촌언니가 얼른 돌아와 주면 좋겠다고 생각한다. 아침부터 아무것도 먹지 않아서 배가 엄청 고프지만, 좀 있다 레스토랑에 간다(리비 일행과 약속한 가게 이름은 '파이브 버거스'니까 아마도 햄버거를 먹게 되겠지)는 것을 알기에 배가 고픈 것도 이제는 즐거웠다. 게

다가 고래! 고래를 볼 수 있다니 '굉장한 일'이다. 크고, 힘세고, 귀여운 얼굴에 정직하다는 것이 레이나가 생각하는 고래다. 정직에 관해선, 왜 그렇게 생각하는지 레이나 자신도 알 수 없었지만 어쩐지 그런 느낌이 든다. 적어도 고래는 거짓말을 한다든지 하는 일은 없을 것이다. 그 외에도 레이나는 고래에 관해 알고 있는 것들이 있다. 먹이를 물과 함께 삼킨다는 것이 그중 하나인데 씹지 않고 물째 삼켜 버리기 때문에 피노키오도 상처 하나 없이 살아 나올 수 있었던 거다.

목욕을 마치고 몸단장을 하고 나서 TV를 보고 있으니 이츠카 짱이 산책에서 돌아왔다.

"비, 그쳤어."

라고 말하고,

"요 바로 앞의 공원, 엄청 넓어. 내일 날씨 괜찮으면 걸어 보자."

라고 말하고,

"슈퍼마켓이 있기에 물 사 왔어. 레이나가 좋아하는 리세스 초콜릿도."

라고 말했다. 기분이 좋아진 모양이다. 비가 그친 탓일 수도 있고, 걸으면서 기분 전환이 되었기 때문인지도 모르지만, 어쨌든 마음이 놓여서 레이나는 욕조 안에서 했던 생각을 입 밖에 내 본다.

"저기, 있잖아, 이츠카짱. 고래가 병이 나면 수의사 선생님은 어떻게 치료할 것 같아? 배로 바다 한가운데까지 왕진하러 갈까? 아니면 포획해서 병원에 데려오려나?"

"바다에서 치료하기는 어렵지 않아? 하지만 데려온다 해도 병원 안에 채 들여놓지 못할지도."

이츠카짱은 대답이 되지 않는 대답을 하고 나서 물었다.

"나갈 준비 다 됐어?"

"응. 다 됐어. 그런데, 그럼 어떻게 할까, 수의사 선생님은? 고래가 병이 나거나 다치면."

"몰라."

이츠카짱은 쌀쌀맞게 말하고 화장실로 들어가 버렸는데, 다시 나오더니 물었다.

"레이나, 수의사는 관두기로 한 거 아니었어?"

"관뒀어. 관두긴 했는데, 조금 신경이 쓰여서."

어렸을 때 레이나는 수의사가 되고 싶어 했다. 동물을 좋아하다 보니 다치거나 아픈 동물을 낫게 해 주면 기쁠 것 같아서였는데 그게 여의치 않은 경우도 있을 거란 사실을 어느 날 문득 깨달았다. 치료하지 못해서 그 동물이 죽어 버리는 모습을 봐야 한다는 게 죽을 만큼 싫었다. 그래서 지금은 목장주나 도서관 사서가 되고 싶다는 생각을 갖고 있다.

"가자."

이츠카짱이 말했다.

"배도 고프고, 그 사람들이랑 저녁 먹는 거, 후딱 해치우고 오자."

라고.

가게는 호텔에서부터 걸어서 약 15분 거리에 있고, 도중에 길을 헤매지 않도록 이츠카짱이 아까 산책하는 김에 미리 알아봐 두었다.

"밤이네!"

레이나는 저도 모르게 또다시 소리 내어 말한다. 이미 밤이라는 것은 알고 있었고 이츠카짱도 당연히 알고 있으련만. 비는 확실히 그쳤지만 공기는 아직 서늘하니 습하다. 공원을 따라 걷다 보니 젖은 나무 냄새며 흙냄새가 진하게 코와 입으로 들어왔다. 늘어선 가로등의 동그랗고 하얀 빛.

약속 시간인 7시보다 조금 일찍 도착했는데도 리비 일행은 이미 와 있었고, 더군다나 요리까지 각자 앞에 두고 있었다. 세 사람 모두 감자튀김을 곁들인 햄버거와 콜라였다.

"헤이."

레이나를 알아차린 마크가 한 손을 들어 소리쳐 불렀다. 가게 안은 떠들썩하니 사람들로 북적이고 고기 굽는 냄새가 가득했다.

"이츠카짱, 레이나 쓰러질 것 같아, 배고파서."

사촌 언니에게 속삭이고서 새 친구들이 있는 테이블로 향한다. 4인용 박스석이었지만 리비가 한쪽으로 당겨 앉아 주었기에 그 자리에 둘이 나란히 앉았다.

맞은편이 퍼거스와 마크다. 레이나는 세 사람에게 이츠카짱을, 이츠카짱에게 세 사람을 다시금 소개한다. 소개라고는 해도 이름밖에 알지 못했지만.

햄버거는 맛있었다. 가이드북에 '보스턴 명물'로 추천되어 있던 클램 차우더는 이츠카 입에는 너무 짰지만. 멀리 오클라호마에서 왔다는 세 사람은 퍼거스와 마크가 대학생으로 열아홉 살, 리비가 생협에 근무(본인 왈, '공부에 취미가 없어서' 대학에는 가지 않았단다)하며 스물한 살이었는데 그 나이치고는 어처구니없을 만큼 바보스러운 짓들을—먹다 말고 갑자기 기성을 지르는가 하면 서로 팔꿈치로 상대방을 쿡쿡 찌른다든지, 누군가의 접시에 놓인 감자를(자기 몫도 아직 남아 있으면서) 잽싸게 빼앗아 먹는다든지—했지만, 기본적으로 나쁜 아이들은 아닌 듯 보였다. 작년 여름에도 이곳에 고래를 보러 왔다는데 예의 고래 관광선에 관해서도 상세히 알려 주었다. 특히 리비의 남동생인 마크는 지나치다 싶을 만큼 친절하게 설명해 주었다. 배 위는 추우니까 겉옷이 필요하다느니, 파도가 거칠 때도 있으니 멀미약을 미리 먹어 두는 게 좋다느니, 영어가 많이 서툰 이츠카를 위해 손짓 발짓 섞어 가며 조언해 주었다. 선착장이 어디에 있는지도 지도에 표시해 주었으니 이츠카로서는 더 이상 그들에게 볼일은 없었고 얼른 호텔로 돌아가고 싶었다. 하지만 레이나가 지금 퍼거스의 질문 공세를 받고 있는 참이다. 어떻게 그리 영어를 잘하는지, 햄버거를 일본어로 뭐라 하는지, 언제까지 미국에 있을 건지, 오늘은 어디를 구경했는지—.

"안 먹어?"

불쑥 리비가 물었다. 이츠카 몫의 접시에는 햄버거가 4분의 1쯤 남아 있다.

"이제 배불러."

손을 위에 갖다 대는 제스처를 써 가며 대답했지만 리비는 납득하지 못하고, 이제 한입 남았으니 힘내서 마저 먹어 버리라는 듯한 말을 (아마도) 하고는 몇 가지 설명까지 덧붙였다. 여기는 유기농 재료만 사용한다느니 체인점과는 달리 로컬 푸드를 지향하는 가게라느니. 그건 알겠는데 더 이상은 못 먹겠다고 말하고 싶었으나 기대에 찬 눈빛으로 지켜보는 리비에게 차마 그렇게는 말할 수 없어서 이츠카는 일단 내려놓은 포크와 나이프를 다시 집어 들었다. 자신은 이런 면이 우유부단해서 탈이라고 생각한다.

"굿Good."

리비가 기뻐하는 듯한 소리를 낸다.

"굿Good."

마크도 말하고, 퍼거스도 말하고, 레이나까지 생글거리면서 그렇게 말했다. 가만 보니, 레이나 몫의 접시에도 햄버거가 남아 있었는데 아직 어린아이라고 생각해서인지 세 사람 다 거기에 대해선 아무 말 하지 않았다.

이튿날, 선착장에서 재회한 세 사람은 눈 덮인 산에라도 오르는 양 두터운 옷차림을 하고 있었다. 맑고 따뜻한 가을날이어서 해안가를 산책하는 사람들 중에는 반소매 티셔츠 차림도 있다는

데. 이츠카는 코트를, 레이나는 다운재킷을 입고 있었지만 리비와 마크, 퍼거스는 입을 모아—몸짓까지 섞어 가며—그러고 가면 얼어 죽는다고 한다. 주위를 둘러보니 다른 승객들도 꽤나 중무장을 하고 있었다. 어쩔 수 없이 매점에서 팔던—이츠카 눈에는 디자인이 '노No'인—롱패딩(가슴에 고래 자수 패치가 달린)을 두 벌 구입한다.

"이것도 사는 게 좋지 않을까?"

레이나가 가리킨 것은 쌍안경이었는데 마크가 그건 필요 없다면서 먼 곳이 보고 싶을 땐 자기 것을 빌려주겠다고 해서 사지 않았다.

"이츠카짱, 와 봐. 바다 냄새가 나."

햇살이 눈부신 산책로를 아이들이 뛰어다니고 있다. 승객은 가족 단위와 노인 그룹이 많은 듯하다.

"파랗네, 바다."

레이나가 넋을 잃고 말한다. 수면은 확실히 파랗고, 평온하고, 반사되는 빛으로 온통 반짝거렸다.

"고래, 있을까."

중얼거린 레이나의 옆얼굴. 뺨이 하얗고 통통하다. 이츠카는 갑자기 가슴이 아팠다. 만약 고래를 보지 못한다면 레이나는 얼마나 실망할까. 이츠카는 레이나가 실망하는 게 싫었다. 누군가가 실망한다는 사태가 옛날부터 싫었다. 가슴이 아프다. 그리고 자신처럼 '바람'이라는 것이 없으면 실망할 일도 없을 텐데, 라고 생각한다.

마크 말에 따르면, 배는 11월까지만 운항하는 듯하다. 여름철에는 거의 확실하게 어떠한 종류의 고래가 보이는데 겨울이 가까워지면서 그 확률이 떨어진단다. 만약 고래를 보지 못하게 되면, 45달러를 주고 산 승선권은 다른 날 다시 배를 탈 수 있는 티켓으로 교환해 주는 모양이었다.

승선에서 하선까지 전체 여정은 4시간이 소요되었다. 객실은 난방이 되고 있었지만, 먼 바다로 나가자 맑은 하늘이 무색하게 갑판 위는 추웠고 롱패딩이 도움이 됐다. 다만 그것을 입은 이츠카는 사촌 여동생에게도 리비 일행에게도 큰 웃음을 사게 되었다. 매점에는 아동용과 성인용 두 종류뿐이었고 아동용은 레이나에게 딱 맞는 사이즈였는데 남녀공용인 성인용은 이츠카에게는 너무 커서 흡사 어린아이가 어른 옷을 입고 있는 것처럼 보였기 때문이다. 마크가 카메라 렌즈를 겨누자 레이나는 이츠카에게 몸을 기대고 브이자를 그려 보였지만 이츠카는 그냥 서 있었다. 보나 마나 표정이 굳어 있을 것이 분명했지만 어쩔 도리가 없었다.

하늘에도 해수면에도 갈매기들이 아주 많다. 배는 속도를 높이며 나아가고, 차갑고 세찬 바람에 레이나의 머리칼이 나부꼈다. 너무 춥다 보니 승객 대다수는 뷰포인트에 다다를 때까지 객실에 틀어박혀 있기로 한 모양이었다.

"대학에선 뭘 전공하는데?"

마크의 물음에 이츠카는 선뜻 대답이 떠오르지 않는다.

"역사."

중학생 때 좋아했던 과목을 말했다.

"어디?"

재차 묻기에 유럽이라고 적당히 둘러대고 뭔가 더 묻기 전에,

"너는?"

하고 되물었다. 경제라는 대답이었다. 경제―. 어떤 걸 공부하는지 이츠카로서는 짐작이 가지 않았기에 다음 질문이 떠오르지 않았다. 대화가 끊긴다. 물살을 가르고 배가 지나는 자리에 하얗게 포말이 이는 광경을 멍하니 바라본다.

"보이프렌드는 있어?"

그 물음에 이츠카 머릿속에 즉시 '노'가 울려 퍼졌다. 보이프렌드가 없다는 의미가 아니라―없는 것도 사실이지만―그런

화제 자체가 이츠카에게는 '노'였다. 그래서 이중의 의미를 담아 노, 라고 대답하고,

"필요 없어."

라고 덧붙였다. 모집 중이라는 오해를 사지 않기 위해.

마크는 살짝 놀란 얼굴을 했지만,

"필요 없어?"

라고 되물은 후에 천천히 미소 지었다.

"그거 괜찮네, 필요 없다니. 되게 괜찮은 것 같아."

"이츠카짱, 봐봐!"

뒤에서 레이나가 목소리를 높이기에 돌아보니, 날치가 소리도 없이 물에 뛰어드는 참이었다.

"봐봐, 또! 저기도!"

레이나는 눈을 빛낸다. 친절한 마크에게 미안한 마음은 들었지만 이츠카는 대화에서 벗어날 수 있게 되어 안도의 한숨을 내쉬었다. 저만치에서는 리비와 퍼거스가 몸을 앞뒤로 밀착시키고서 해수면을 보고 있다.

이제 곧 고래를 볼 수 있는 뷰포인트에 다다를 것이란 안내 방송이 나오고, 승객들이 잇따라 갑판으로 올라왔다. 이츠카는 갑자기 긴장한다. 고래를 볼 수 있어서(있을지도 몰라서)가 아니라,

실망한 레이나를 위로해야 하기(할지도 모르기) 때문이다. 하지만 결과적으로 그건 기우였다.

고래는 나타났다. 승객 대다수가 기대하고 있었던 듯싶은 혹등고래는 아니고 긴수염고래로 불리는 종류의 고래였지만 분명히 나타났고, 게다가 꽤 가까이에서 볼 수 있었다. 하지만 레이나를 열광시킨 것은 그 고래가 아니라 돌고래였다. 돌고래들은 무리를 이룬 채 행여 배에 부딪히는 것은 아닐까 염려될 만큼 가까이에서 높이 뛰어오르기도 하고 몸을 이리저리 비틀기도 하면서 기분 좋은 듯 지나쳐 갔다. 애교 있는 얼굴과 무심코 만져 보고 싶어질 만큼 매끈매끈하고 차가워 보이는 피부, 심플하고 군더더기 없는 체형. 이츠카도 추위를 잊은 채 그만 넋을 잃고 보았지만 레이나가 빠져든 정도에는 비길 바가 아니었다. 여느 때와 다름없이 처음에만 "이츠카짱, 봐봐!"라고 했을 뿐 그 후론 말 한마디 없이 온몸으로 해수면을 보고 있었다. 돌고래들의 일거수일투족을.

"레이나."

이름을 부르며 팔을 붙잡았다. 무서웠던 거다. 레이나가 당장이라도 바다에 빨려 들어가 버릴 것만 같아서. 기다란 코트를 입고 모자를 뒤집어 쓴 레이나의 온몸이 한낮의 햇살에 둘러싸여 있었다.

배가 항구로 돌아올 즈음엔 레이나는 평소의 레이나로 돌아와 있었다. "귀여웠지?"를 열 번쯤 반복하고, "엄마랑 새끼로 보이는 애들도 있었어. 계속 꼭 붙어서 헤엄쳤어."라느니, "열심히 점프한 애 있었잖아. 어느 때 점프가 하고 싶어지는 걸까."라느니, 즐거운 듯 재잘댔다. 그래도 조금 전 느꼈던 공포—레이나가 바다로 빨려 들어가 홀연히 사라져 버리는—는 이츠카의 가슴에도 손끝에도 또렷이 남아 있다.

리비, 마크, 퍼거스 일행과는 연락처를 교환하고 헤어졌다. 오클라호마에 올 일 있거든 꼭 들러 달라는 말에, 도쿄에 올 일 있으면 꼭 들러 달라고 답하며.

"다음은 어떻게 하고 싶어?"

이츠카짱이 묻는다. 보스턴 커먼—호텔 앞에 있는 공원 이름이었다—안을 산책하고 벤치에 앉은 참이다. 눈앞의 연못 물은 탁한 녹색이고 연못가에는 개구리 동상이 자리 잡고 있다.

"이츠카짱은?"

벌써 10월인데 바지 자락을 걷어 올리고 그 얕은 못에 들어가 노는 아이가 있다. 그 곁에는 엄마로 보이는 여자도 있었는데 강아지 리드 줄 같은 것을 아들의 허리에 매고 그 한쪽 끝을 손으로 감아쥐고 있었다. 아이는 장난감 양동이와 물뿌리개를 들고 있다. 레이나는 남동생인 유즈루를 떠올렸다. 연못 안의 아이는 유즈루보다 어렸지만.

"난 다 좋아, 뭘 하든 안 하든."

이츠카짱이 말한다.

"왜냐면, 아무것도 하지 않더라도 여행은 하고 있는 거니까."

그건 그렇다고 레이나도 생각한다. 그건 그렇다.

"하늘, 높다."

위를 향해 말했다. 이츠카짱이 어제 보고해 준 대로 이 공원은 '굉장히 넓다'. 나무들도 전부 굉장히 커서, 줄기는 만질 수 있지만 잎사귀에는 도저히 손이 닿질 않는다(그 잎사귀는 하나같이 노랗고 빨갛게 물들어 있다).

배에서 내린 후, 포장마차에서 늦은 점심으로 고기만두를 사 먹었다.

중국인이 아니라 남미인이 팔고 있었는데 이츠카짱은 그다지 맛있어 보이지 않는다고 했지만 배도 고프고 추웠기에 레이나 입에는 아주 맛있었다(그리고 이츠카짱도 먹어 보더니 맛있다고 인정했다). 그 고기만두 냄새가 이렇게 벤치에 앉아 있어도 아직 레이나를 싸고돈다.

"이 거리에서 그 밖에 레이나 네가 좋아할 만한 것이."

이츠카짱이 그렇게 말하면서 가이드북을 꺼내 펼쳤다.

"퀸시 마켓, 수족관, 어린이 박물관."

일찍 일어난 탓인지, 햇살이 따뜻해서인지 레이나는 솔솔 잠이 온다. 손목시계—작년 생일에 선물 받은 것으로 시곗줄이 카무플라주 무늬인데 이츠카짱이 파란색을 좋아하듯 레이나는 카무플라주 무늬를 좋아해서 마음에 들었다—를 보니 오후 4시가 되어 가는 참이었다.

"좋아."

사촌 언니의 어깨에 기대어 레이나는 대답한다.

"좋아, 레이나는 어디든 갈 거야."

그리고 생각했다. 이토록 밝은데, 라고. 이토록 밝고 사방에 햇살이 눈부실 만큼 흩뿌려져 있는데, 이게 해 질 녘의 빛이고 한낮의 빛과는 전혀 다르다는 것을 (시계를 보지 않고도) 어떻게 아는 걸까, 라고.

"레이나, 자면 안 돼. 감기 들어."

이츠카짱 목소리가 들린다.

"레이나, 너 진짜."

하지만 곧바로 레이나는 커다란 코트가 몸 위에 덮이는 것을 느꼈다. 오전에 선착장에서 산 롱패딩으로, 육지로 돌아와 벗은 후에는 '거추장스럽다'고 투덜거리면서 둘 다 팔뚝에 걸고 다녔다. 이츠카짱이 산 그 성인용 코트는 마치 이불 같아서 레이나는 그만 그대로 벤치에 드러눕고 싶어진다.

딸들이 사라진 지 닷새가 지난 월요일, 기사카 리오나는 집에 홀로 있다. 두 아이가 지금이라도 돌아올지 모르고, 전화를 걸어 올지도 몰라서 한시도 집을 벗어날 수가 없다. 실은 교회에 가고 싶었다. 리오나가 가장 자신답게 있을 수 있는 장소가 교회이고, 바로 지금 자신에게 필요한 것은 그곳에서 얻을 수 있는 정신의 평온이므로.

리오나는 크리스천은 아니다. 오카야마의 친정에는 불단이 있고 오봉 때 조상님들을 맞이하기 위해 채소로 동물을 만들었던 추억도 있다. 그럼에도 리오나는 요 몇 년간 성서를 읽고 미사에 참석하고, 그 이상으로 중요한 일인데 짬을 내서 혼자 교회가 나가 앉아 있곤 한다. 한 번 갈 때마다 10분 내지 15분. 죄를 씻기 위해서라거나 계시를 구하기 위해서라거나, 뭐 그런 거창한 건 아니다. 단지 그러노라면 본연의 자신으로 돌아갈 수 있을 것 같아서였다. 한 사람 한 사람의 일생 따위는 순간에 지나지 않는다, 라는 것이 깔끔하게 이해되고 마음이 편해진다. 남편은 반대하겠지만—리오나가 미사에 참석하는 것에도, 교회 봉사 활동에 참가하는 것에도 우루우는 좋은 낯을 하지 않고, 그리스도교라는 종교가 지금까지 얼마나 많은 전쟁을 불러일으켰으며, 지금도 여전히 지속하고 있다는 걸 알고는 있냐고 그는 말한다—, 세례를 받는다는 선택지에 대해 리오나는 가끔 진지하게 생각한다. 그것은 누군가의 아내로서도 엄마로서도 아니며, 딸로서도 누이로서도 아니다. 온전한 개인으로서의 선택이자 의사 표시다. 온전한 개인. 리오나는 교회에 있을 때만큼은 자신이 그러하다고 느낀다.

오후 2시. 지난주 수요일 이후, 정신을 차려 보면 늘 그러하듯 리오나는 딸 방에 서 있다. 2층 복도 맨 앞, 남향의 밝고 작은 방으로 연녹색 카펫은 딸이 손수 골랐다(베이지색과 녹색의 깅엄체크무늬 커튼은 거기에 맞춰 리오나가 직접 바느질해서 만들었다). 어지르기 대장인 유즈루 방과는 대조적으로 레이나 방은 늘 깔끔하게 정돈되어 있다. 침대, 책상, 서랍장, 책장. 그래도 역시 열네 살 여자아이 방답게 서랍장 위에는 잡다한 물건들—CD 플레이어, 거울, 싸구려 액세서리, 장식용 유리 구두, 나무로 만든 빨간 사과 모형, 아직 뜯지 않은 비누, 립크림, 친구한테 받은 생일 카드 세 통—이 진열되어 있고, 방바닥에 놓인 바구니는 봉제 인형들로 가득 채워져 있다.

괜찮아. 리오나는 스스로를 다독인다. 레이나가 소중히 여기는 것, 마음에 들어 하는 물건들이 이곳에 고스란히 남아 있으니 괜찮아. 내일이라도 당장 돌아올 거야. 두고 간 편지에도 분명히 쓰여 있었다시피 그 아이와 이츠카는 가출한 게 아니라 잠시 여행을 떠나 보았을 뿐이니까.

금방이라도 현관문이 열릴지 모른다(레이나에게는 주지 않았지만 이츠카에게는 여벌 열쇠를 쥐여 주었다). 둘의 모습이 보고 싶어서 리오나는 창가로 다가가 아래를 내려다본다. 포치 지붕에 가려져 현관문 자체는 보이지 않지만, 그래도 리오나는 생생히 상상할 수 있었다. 키가 큰 이츠카와 작은 레이나, 머리가 짧은 이츠카와 긴 레이나, 이츠카의 군청색 맥코트, 레이나의 갈색 다운 재킷과 보라색 배낭. 아마도 레이나가 먼저 집 안으로 뛰어들어올 테지. 다녀왔습니다아~. 말끝을 늘이며 소리친다. 엄마아~, 없어~? 계속해서 그리 외칠지도 모른다. 만약 리오나가 여기 우뚝 선 채 안도한 나머지 곧바로 움직이지 못한다면.

창밖은 화창하고 조용하다. 가로수의 노란 잎이 멈춰 있어 바람도 없음을 알 수 있다. 맞은편 집 마당의 메마른 잔디 위로 스프링클러가 돌고 있다.

레이나의 담임 선생에게는 지난주에 몸이 아파 쉰다고 전화해 두었다. 언제까지고 거짓말로 둘러댈 순 없고, 이 이상 학교를 쉬면 열의 있고 친절한 슈나이더 선생은 걱정할 것이다. 유학생인 이츠카는 일이 한층 더 성가시게 되지 싶다. 학교에 가지 않으면 학생 비자가 취소되고 마니까.

리오나는 창가를 떠난다. 침대 위의 양 인형을 바라본다. 화요일 밤에 레이나와 함께 잤던 양일 것이다. 고지식하고 의리 있고, 아마도 나이보다 좀 어린 구석이 있는 레이나는 바구니 속 인형들을 매일 밤 하나씩 꺼내 침대에서 데리고 잔다. 공평하게 순서대로. 레이나만 아는 방법으로 골라서—.

10월 12일, 월요일, 오후 2시, 흐림. 질주하는 열차 안에서 레이나는 노트에 그렇게 적어 넣었다. 암트랙, 매 역마다 친절하게도 차장이 돌아다니면서 다음 역의 이름과 몇 분 후에 도착하는지, 어느 쪽 문이 열리는지, 큰 소리로 말해 준다(마이크는 없다). 옆에서 이츠카짱은 이어폰을 낀 채 음악을 듣고 있다. 열차 안은 조용하다. 창밖은 칙칙하고 추워 보이는 색조로, 숲숲숲, 도로,

차, 도로, 숲숲숲, 도로도로, 가끔 집. 대각선 뒷자리에 앉은 남자(서른 살 정도?), 체격이 엄청 좋고(반소매 티셔츠, 팔에는 자그마한 타투), 분홍과 하늘색이 섞인 털실로 내내 뜨개질을 하고 있다.

레이나는 그렇게 쓰고 나서 샤프심을 밀어 넣고 노트를 덮는다. 샤프펜슬과 노트를 다 천 가방에 집어넣고, 대신 물을 꺼내 마신다. 오늘 아침 호텔 냉장고에서 가지고 나온 그 물은 벌써 미적지근해져 버렸다. 레이나는 방금 집어넣은 샤프펜슬과 노트를 도로 꺼내 '물, 미지근함.'이라고 덧붙였다. 열차는 앞으로 한 시간 후면 포틀랜드에 도착한다.

보스턴에서는 즐거웠다. 고래랑 돌고래도 볼 수 있었고, 어린이 박물관이며 일반 미술관에도 갔다. 퀸시 마켓에는 얼음으로 만든 가게가 있었는데 그곳에서 콜라를 마셨다(그 가게는 실내 온도가 영하 6도로 유지되고, 그래서 예의 롱패딩이 다시 한번 도움이 됐다!). 그리고 아침에도 낮에도 밤에도 거리를 걸었다. 이츠카짱이 걷는 것을 이토록 좋아하는지 레이나는 미처 몰랐다. 이번 여행에 나서기 전까지는.

"화장실 다녀올게."

이츠카짱이 자리에서 일어났다.

"잘 다녀와."

레이나는 그렇게 대답하고 배웅했지만 이내 자신도 화장실에 가고 싶어졌다. 그것도 꽤 급하게. 하지만 짐이 있어서 사촌 언니가 돌아올 때까지 자리를 뜰 수 없다.

이츠카가 화장실에서 돌아와 보니 레이나가 안 보였다. 사라졌다, 라는 것이 텅 빈 좌석을 본 이츠카가 느꼈던 감정이고, 과장이 아니라 온몸의 핏기가 가시면서 한순간 사고가 정지되었다. 나쁜 사람에게 유괴당했다거나 어딘가로 갔다—예를 들면 집으로 돌아갔다—거나, 하는 설명이 따라붙는 방식이 아니라, 그야말로 홀연히 사라졌다고밖에 표현할 길 없는 초자연적인 증발 방식처럼 이츠카에게는 느껴졌고, 텅 빈 좌석은 믿어지지 않는 광경인 동시에 이치에 맞지 않는 기시감—알고 있었다는 듯한, 알고 있어서, 그래서 두려워하고 있었다는 듯한—을 수반하기도 했다.

누군가가 등을 쿡쿡 찌르기에 돌아보니 체격이 엄청 좋은 백인 남자가 뜨개바늘을 손에 쥔 채 앉은 자리에서 이츠카 쪽으로 몸을 내밀었다.

"그 아이 화장실에 갔어."

계속해서 뭔가 더 말을 했지만 알아들을 수가 없어서 되묻자,

"너희 짐."

하고 남자가 천천히 발음했다.

"짐은 안전했어."

라고.

"……생큐."

이츠카는 대답한다. 이미 하던 뜨개질로 돌아간 남자의 손놀림에 시선을 빼앗기면서. 그리고 생각한다. 그건 그렇다, 라고. 사람은 초자연적으로 사라지거나 하지 않으며 레이나는 당연히 화장실에 간 거다. 주행 중인 열차 안에서 달리 대체 어디로 갈 수 있단 말인가. 남자는 엄청 빠른 속도로 연신 뜨개바늘을 놀리고 있다. 싸구려 아동복 같은 배색—하늘색과 분홍색—의 커다랗고 둥그런 무언가가 완성되어 가고 있었다. 코바늘을 쥔 오른손이 아니라 실을 놀리는 왼손에 좀 더 눈길이 갔다. 잘하네요, 라고 말하고 싶었지만 그것을 영어로 어떻게 말해야 좋을지 몰라 이츠카가 다시 자기 자리에 앉자 곧 레이나가 돌아왔다. 뜨개질남과 두세 마디 말을 주고받은 후 이츠카에게 설명한다.

"우리 짐을 봐 줬거든."

"낯선 사람을 함부로 믿으면 안 돼."

말은 그렇게 했지만, 이츠카 눈에도 뜨개질남은 어쩐지 좋은 녀석으로 보였고, 그래서 놓아둔 짐에 대해서도 걱정할 필요가 없다는 걸 사실 알고 있었다.

"미안해."

레이나는 순순히 사과하고 이츠카 옆에 폴싹 앉는다.

"잘한다고 말해."

"뭐?"

"저 사람한테, 잘한다고."

레이나는 영문을 모르겠다는 듯한 얼굴을 했지만 상체를 틀어 뒤를 바라보며 통역해 주었다(남자가 짜고 있는 것을 가리키며, 베리 나이스, 라고 말하는 것을 통역이라 부를 수 있다면 말이지만).

"땡쓰Thanks."

남자가 얼굴을 들고 대답했지만 목소리도 그렇고 얼굴도 무표정했다.

뉴욕이나 보스턴에 비하면 포틀랜드역은 놀랍도록 작았다. 작고 깔끔하다. 플랫폼이 옥외인 것도 좋았다. 하늘은 흐렸지만 엷은 햇살이 비치고 지금까지 이상으로 미지의 장소라고 이츠카는 느낀다. 공기에서 새로운 냄새가 난다.

"스테이트 오 메인State O' Maine!"

레이나가 두 손을 높이 들며 외쳤다.

"『호텔 뉴햄프셔』에 나오는 곰 이름이야. 곰 이름이 '메인주'라니 너무 근사하지 않아?"

이츠카는 그 소설을 읽은 적이 없다. 원래부터 소설이란 것에 그다지 흥미가 없다(등교 거부로 집에만 있던 시기에 아버지 서가에서 우연히 눈에 띄어서 읽었던 구라타 햐쿠조의 『스님과 그 제자』만은 별개지만).

역 건물을 나오자 주변은 휑뎅그렁했다. 콘크리트 포장된 광장 중앙에 흙과 나무로 만든 작고 둥그런 공간이 있고, 그 공간 한가운데에 렌터카 업체의 커다란 간판이 서 있다.

"어째서 사람이 하나도 없지?"

물어온들 이츠카로서도 알 길이 없었다. 바람이 부드럽다.

"어쨌든 시내버스를 찾아보자."

가이드북에는 다운타운까지 시내버스로 30분이 소요된다고 적혀 있었다.

역사 안으로 돌아가 안내소 직원에게 물어보니 버스 승강장을 바로 가르쳐 주었다. 30분 가까이 기다린 끝에 드디어 도착한 버스에 오른다.

"배고프다."

2인용 좌석에 나란히 앉자 레이나가 말했다.

“여행이란 배가 고픈 거구나.”

“저녁 먹을 때까지 참아. 아직 4시 전이잖아.”

이츠카는 안내소에서 받은 지도를 펼치면서 대답했지만, 그러고 보니 오늘은 아침에 눈떠 지금까지 먹은 거라곤 열차에 오르기 전 역 매점에서 산 퍼석퍼석한 샌드위치(그나마 둘이서 반씩 나누어)가 전부다. 여행지건 아니건 상관없이 먹는 거에 큰 비중을 두지 않는 이츠카이지만, 생각해 보니 그런 자신의 페이스대로 식사를 하게 된다는 건 사촌 여동생에게는 딱한 일이다 싶었다.

“뭐 먹고 싶어?”

그래서 그렇게 물어보았으나 레이나의 대답은 이번에도 또 팬케이크였고, 이츠카로서는 별로 끌리지 않는 선택지였다.

다운타운에 가까워질수록 창밖은 조금씩 변화해지고 사람의 모습도 많이 보였지만 그래도 여전히 조용한 거리였다. 유색 인종이 적다는 것을 이츠카는 깨닫는다. 높은 건물이며 차량 수도 적고, 눈에 띄는 건 작은 상점들뿐인 데다 그 상점들도 어딘지 모르게 차분하고 예스럽다. 거리도 조용하고 버스 안도 조용하다. 승객은 이츠카 일행을 포함해 다섯 명밖에 없다.

“관광객은 없나.”

물어온들 이츠카로서는 대답할 길이 없다.

"아, 개다."

레이나가 차창에 얼굴을 바싹 붙이고서, 한 노부인이 가죽 리드 줄을 채우고 산책시키고 있는 토이푸들을 가리켰다.

어쩐지 이쯤일 것 같다는 감에 의지하여 종점을 조금 앞두고 버스에서 내렸다. 폭이 넓은 비탈길 중간, 영업 중인 상점이 많아 보인 장소에서.

"아마도 지금 우린 여기 있는 것 같아."

지도를 가리키며 말했다.

"다시 말해, 저쪽으로 걸어가면 항구이고, 항구 옆에는 호텔이 많이 있을 거야."

"스테이트 오 메인!"

레이나는 다시 외쳤고, 그것은 아마도 '이해했다'는 의미인 듯 싶었다.

지도상의 현 위치가 이곳이 아닐 수도 있었지만, 그래도 불안감은 없었다. 수영하기 위한 해변과는 확연히 다른, 배가 정박하는 바다 특유의 냄새가 어렴풋이 나는 것으로 보아 항구 근처에 있는 건 확실해 보였다.

"어쩐지, 멀리 온 기분이야."

통통 튀듯이 걸으면서 레이나가 말한다.

그렇지만 호텔은 항구에 도착하기 전에 발견했다. 무미건조한 외관의 작은 호텔로 숙박비가 보스턴에서 묵었던 호텔의 반값이었지만, 배정받은 방은 충분히 청결하고 욕조며 샤워기의 더운 물도 문제없이 잘 나왔다.

"도착했다아~."

레이나가 침대에 몸을 던지듯 앉으며 말한다.

"내일이나 모레, 메인 비치에 갈 수 있어?"

라고도.

"물론이지."

이츠카는 대답했다. 그게 어디에 있는지 알지 못했지만,

"못 갈 이유가 없잖아?"

하고, 이미 여러 차례 했던 말을 다시 한번 말한다(반드시 그렇진 않다는 것이 나중에 판명되었지만).

"치—크!"

레이나는 신이 나서 이츠카의 뺨에 뺨을 맞댄다. 그리고 설명한다.

"『호텔 뉴햄프셔』에 나오는 아빠랑 엄마는 있지, 메인주 해변에서 만났어."

라고.

"만났다고 해야 하나, 두 사람은 원래 아는 사이지만, 어느 해 여름에 거기서 진짜로 만나."

이츠카는 무슨 뜻인지 알 수 없었다. 진짜로 만난다?

"알았어."

하지만 일단 그렇게 말했다.

"알았어. 우린 거기 갈 거야. 하지만 그 전에 밖에 나가서 이 거리를 봐야 해."

이 거리를 보고, 사촌 동생에게 뭔가 맛있는 것을 먹여 줘야 해. 이츠카는 그렇게 생각하면서 배낭에서 불필요한 것들을 꺼내 무게를 줄였다.

어릴 적, 둘이 같이 있을 때면 레이나는 늘 이츠카짱의 친동생으로 오해받았다.

"네 동생이니?"

누군가 그렇게 물을 때마다 이츠카짱은,

"사촌 동생이에요."

라고 정정했고, 그 말을 들을 때마다 레이나는 뭔가 찜찜한 기분이 들었다. 친동생이 되고 싶었던 건 결코 아니다. 결코 그런 건 아니지만 "동생이니?"라는 질문과 "사촌 동생이에요"라는 대답에는 '동생' 쪽이 왠지 모르게 우위인 듯한 뉘앙스가 있어서 레이나로서는 그게 마뜩잖았다. 레이나와 이츠카짱에게 사실 '친여동생'이라는 건 예나 지금이나, 누구에게든 한 번도, 어디에도 존재했던 사례가 없다. 그럼에도 레이나는 그 이하로 취급받는다는 게 납득이 가지 않았다.

지금은 어떻게 보일까. 자매? 친구 사이? 아니면 영락없는 사촌지간으로 보이려나. 부쩍 어두워지기 시작한 거리를 나란히 걸으며 레이나는 그런 생각을 한다.

"온통 벽돌 건물이네."

이츠카짱 말에 레이나도 고개를 끄덕였다.

"사랑스러운 거리야."

벽돌 건물들은 하나같이 1층 부분이 점포로 꾸며져 있었는데 커다란 유리창 너머로 반짝반짝한 빛을 길 위로 쏟아 내고 있다. 인도 여기저기에 헐벗은 나무가 심어져 있고 나무마다 빠짐없이 달아 놓은 장식용 전구들이 반짝거렸다.

"잎사귀는 다 어디로 가 버렸을까."

낮 동안 열차에서 본 나무들은 노란 잎(혹은 붉은 잎)이 근사했다. 울긋불긋 물드는 단풍이 뉴잉글랜드의 가을 명물임을 레이나는 알고 있다.

신발 가게, 약국, 캔디 스토어, 아동복 가게, 안경점, 신사복 매장—. 쇼윈도를 들여다보면서 걸었다. 군데군데 레스토랑도 있고, 바깥에 메뉴가 나와 있으면 이츠카짱은 멈춰 서서 유심히 들여다본다. 그리고 "다음"이라고 말하고 나서 다시 걷기 시작한다. 올드 포트로 불리는 지역에 두 사람은 와 있다. 그곳에 가게들이 몰려 있다고 호텔 프런트 담당 직원—가슴에 단 명찰에 '아이린'이라 적혀 있었다—이 알려 주었기 때문이다.

"아직이야?"

다운재킷을 입고 있어서 춥지는 않지만 레이나는 배가 고파서 그렇게 물어보았다. 레스토랑을 벌써 몇 군데나 지나쳐 왔는지 모른다.

"그게, 팬케이크를 파는 가게가 없네."

이츠카짱의 그 말에 레이나는 깜짝 놀란다.

"팬케이크? 벌써 밤인데 그건 아니지."

확실히 저녁 무렵엔 레이나는 그게 먹고 싶다고 했다. 하지만 그건 어디까지나 간식의 의미였을 뿐 식사로써는 아니었다.

"그런가."

"그래."

절대로, 하고 레이나는 덧붙인다.

"뭐야."

이츠카짱은 웃고,

"그럼, 여기로 하자."

하고 시원스레 말했다. 마침 작은 레스토랑 앞에 와 있었다. 바깥에 메뉴판은 나와 있지 않았지만 가게 유리창에 직접 써 붙인 메뉴표가 있었다. 오이스터스 5달러 99센트라느니, 랍스터 미트 17달러 95센트라느니, 하는 것들이 손글씨로 적혀 있다.

"말도 안 돼."

이츠카짱이 난데없는 소리를 냈다.

"뭐가?"

가만 보니, 벽에 붙어 있는 커다란 금속제 간판이 'STORE HOURS MON - SAT 8:30 - 17:30'임을 선언하고 있었다.

"다섯 시 반까지라니 너무 일찍 닫네."

레이나의—카무플라주 무늬 줄이 달린, 아끼는—손목시계는 5시 27분을 가리키고 있다.

"안 되겠다."

이츠카짱이 그렇게 말한 순간, 가게 문이 열리고 중년인지 아니면 좀 더 젊은지 가늠하기 어려운 여자가 나왔다. 뚱뚱하다는 느낌은 아니지만 체격이 크고 레이나가 지금까지 본 그 누구보다도 빰이 붉었다.

"식사하려고?"

그 물음에 예스, 라고 대답하자, 여자가 팔 전체를 휙 하니 움직여 들어오라는 손짓을 했다.

레이나가 놀란 건 어둠 때문이었다. 가게 안이 얼마나 어두운지 해 저무는 창밖이 오히려 밝아 보인다.

"정전?"

일본어로 눙쳐 보았지만, 구석에 딱 하나 있는 플로어 램프는 켜져 있었기에 전기는 제대로 들어오고 있다는 것을 알 수 있다. 작은 가게다. 2인용 테이블이 둘, 4인용 테이블이 둘, 그게 전부다. 여자는 창가의 2인용 테이블에 놓인 양초에 불을 붙였다. 달리 손님의 모습이 없을 뿐만 아니라 요리 냄새도 나지 않고 그저 생해산물 해조류 비슷한 냄새가 날 뿐이었다.

"괜찮을까."

이츠카짱도 불안해졌는지 의자에 앉으면서 말한다.

"이제 문 닫을 시간이라서 이렇게 어두운 건가요?"

물을 내온 여자에게 레이나가 물었다.

"아니."

여자는 웃음기 하나 없이 짧게 대답하고(너무 짧아서 '노No'라기보다 '나Na'로 들렸을 정도다),

"어둡게 해 둔 건, 그래야 좀 더 로맨틱하니까."

라고, 역시 웃음기 하나 없이 설명했다. 로맨틱—. 여기저기 나무 상자며 플라스틱 케이스, 골판지 상자가 쌓여 있는 데다 슈퍼마켓 비닐봉지까지 여럿 널려 있는 가게 안은 어수선하고 생선 냄새도 나서 레이나가 느끼기엔 로맨틱하고는 거리가 좀 멀어 보인다.

"메뉴판 있어요?"

이츠카짱이 묻자 여자는 벽에 걸린 칠판을 가리켰다. 거기에 적힌 요리명(이랄까, 재료로 쓰이는 해산물 이름)은 전부 여섯 개였는데 그중 셋은 다 팔리고 없다기에 상의한 결과, 둘 다 연어를 먹어 보기로 했다. 그것과 '오늘의 수프'를.

"비치에 갔다가."

이츠카짱이 말했다.

"바로 옆이니까 뉴햄프셔주를 둘러보고, 그길로 곧장 서부로 가 보는 건 어때?"

"물론 좋아."

냉큼 대답했지만 사실 레이나는 서부라는 데가 어디를 가리키는지 확실히 알지는 못했다.

"그레이하운드 버스를 내내 타고 가게 되겠지만,"

이츠카짱이 말한다.

"사막이라든지 선인장이 있는 황량한 곳에 가 보고 싶지 않아? 도시스럽지 않은 곳."

이라고.

"좋아, 그럼, 그렇게 하자."

아무 상관 없었다. 행선지는 어디가 됐든 마찬가지다.

수프가 나왔다. 레이나가 식겁한 까닭은 그게 칙칙한 황토색이었기 때문이다. 황토색 수프라니, 한 번도 먹어 본 적이 없다. 이츠카짱이 먼저 한 입 떠먹고 눈을 휘둥그레 떴다.

"레이나, 이거 엄청 맛있다."

레이나도 스푼을 손에 쥐고 조심조심 수프를 입으로 가져갔다. 그리고 사촌 언니와 마찬가지로 놀라움에 눈을 크게 떴다.

"이거, 무슨 수프예요?"

여자에게 묻자,

"생선."

이라는 답변이 돌아왔다.

"스테이트 오 메인!"

환희에 찬 단어가 절로 나온다. 그것이 수프에 대한 찬사임을 알았는지 여자가 만족스레 고개를 끄덕였다.

그녀의 이름이 엘레나이고 서른네 살의 싱글 맘이라는 사실을 레이나는 나중에 알게 된다. 어머니와 둘이서 가게를 꾸려 나가고 있다는 것도, 일찍이 가수를 꿈꾸었을 만큼 노래를 아주 잘한다는 것도. 하지만 오늘 밤의 레이나는 그저 요리에 감격하여(연어 소테도 살이 꽉 차 있어서 맛있었다), 호텔로 돌아오는 길에도 이츠카짱과 "평생 먹어 본 수프 중 최고였지?" 하는 말을 주고받으며 내일도 또 가자고 다짐했을 뿐이었다.

이튿날 아침, 일어나자마자 이츠카는 홀로 산책에 나섰다. ATM기에서 현금을 인출할 필요가 있었기 때문이다. 엊저녁에 들른 레스토랑은 카드 결제가 안 되는 곳이었다. 미국은 카드 사회라고 알고 있던 이츠카는 당연히 놀랐지만, 다행히 음식값이 비싼 가게는 아니어서 수중에 있던 현금으로 해결할 수 있었다. 그렇더라도 쓸 수 있는 현금에는 한계가 있었다.

학비 및 생활비로 부모님이 송금해 주는 계좌에서 일단 3백 달러를 인출했다. 이츠카 예상으로는 부모님이 송금을 끊진 않겠지만, 그것도 장담할 수는 없고, 어쩌면 중간에 어딘가에서 아르바이트 자리를 구해야 할지도 모른다. 뉴욕에서 만난 유학생들 중에는 아르바이트를 하는 사람들이 적지 않았다. 학생 비자로는 취업 활동이 금지되어 있으련만 괘념치 않는 업주들이 있는 모양이다. 이츠카 본인은 일본에서도 미국에서도 아르바이트라는 것을 단 한 번도 해 본 적이 없었다.

쾌청한 아침이다. 아직 아홉 시도 안 되었는데 거리는 활기로 넘쳐난다. 어제 이곳에 왔을 때보다 사람 수가 훨씬 많다. 빵집이나 카페뿐만 아니라 신발 가게며 서점 같은 일반—요컨대 아침 식사와 상관없는—상점들도 이미 영업을 개시했다. 이곳은 진짜 항구 도시이고, 항구 도시란 아침이 정말 일찍 시작되는 듯하다.

이츠카는 서점에 들러 새로운 가이드북을 사고(서점 냄새는 일본이나 여기나 다를 바 없다. 레이나 같은 독서가는 아니지만, 그런 이츠카조차 그리움과 안도감을 느낀다), 빵집에서 레이나를 위한 페이스트리와 커피 2인분을 사 들고 호텔로 돌아왔다. 페이스트리는 그다지 많이 달지 않을 만한 것을 골랐다. 레이나는 단 것을 좋아하지만 그 식성을 고모가 안 좋게 본다는 것을 알고 있었기 때문이다.

"없어."

두 시간 후, 커튼레일에도 서랍 손잡이에도 전기스탠드 갓에도 온통 옷걸이에 걸린 세탁물이 축축 늘어져 있는 방 안에서 이츠카는 신음하듯 말했다.

"믿을 수 없게도, 정말 없어."

열차와 버스 시각표 및 두 권의 가이드북을 애써 다 읽고 난 참이다.

"암트랙으로 올드 오차드 비치에는 갈 수 있어. 아니면 사코에. 하지만 그다음은 차가 없으면 다닐 방법이 없어."

레이나가 가고 싶어 하는 '메인 비치'란 해안선을 끼고 있는 뉴햄프셔주와 인접한 상당히 광범위한 지역을 가리키는 명칭인데 광범위한 지역임에도 재래 철도든 버스든 이츠카가 알아본 범위 내에서는 지나는 노선이 단 한 개도 없었다.

"그래?"

몇 안 되는 옷을 전부 빨아 버린 탓에 목욕 가운을 입고 있는 레이나가 묻는다.

"택시도 없을까?"

이츠카로서는 알 길이 없었다.

"프런트에 가서 물어보고 올게."

그래서 그렇게 말했지만, 이츠카 또한 같은 이유로 목욕 가운 바람이었기에 널어놓은 옷이 마를 때까지 방을 나갈 수 없었다.

"어쩔 수 없으니 엽서라도 쓰자."

이츠카는 그렇게 말하고, 서점에서 사 온 그림엽서(풍경 사진이 들어간 것은 피하고, "Hello~" 하고 있는 강아지 일러스트라든지 "I miss you~" 하고 있는 고양이 일러스트 위주로 골랐다)를 한 장 레이나에게 건넨다.

"잘 지낸다는 건 가끔 알려 드려야지."

이츠카 말에 레이나는 얌전히 고개를 끄덕였다.

"비치?"

화장은 짙지만 말을 하자 느낌이 괜찮은 프런트 담당 여자 직원(명찰에 적힌 이름은 아이린)은 과장되게 얼굴을 찌푸렸다.

"비치에 간다고? 이 계절에?"

말도 안 된다는 표정과 어조였다. 아이린에 따르면 비치는 여름에 가는 장소이고, 물론 다들 차로 간다. 겨울에 가 봤자 수영도 못 하고, 문을 연 호텔도 레스토랑도 없다.

"하지만 아직 겨울은 아니잖아요?"

이츠카 말에 ―실제로 지금처럼 화창한 낮 시간에 바깥을 걷

노라면 아직 반소매 차림으로 다니는 사람도 보인다—아이린은 목을 움츠리며,

"중간이지Between."

라고 대답했다. 중간—.

비치뿐 아니라 포틀랜드 거리 자체도 여름철에 맞춰져 있다는 사실이 그날 오후 바로 판명되었다. '시내 주요 관광 명소를 순환하고, 마지막에 포틀랜드 등대에 들른다'고 가이드북에 나와 있던 트롤리버스를 타 보았더니, '거리를 한눈에 볼 수 있다'는 전망대는 10월 둘째 주 월요일(어제다!)을 끝으로 문을 닫아서 올라갈 수 없고, '메인주를 대표하는 풍경'인 듯싶은 포틀랜드 등대도 여름철에만 매일 들어갈 수 있으며 10월인 지금은 토·일요일에만 개방한다기에 밖에서 바라보는 수밖에 없었다.

투어 출발지인 커머셜 스트리트에 도착해 버스에서 내리자, 아직 4시 좀 지났는데 해가 저물어 어스름하고 배 기름 냄새 나는 바닷바람은 차가웠다.

"등대까지는 화창했는데."

비스듬히 둘러멘 천 가방에서 털실 모자를 꺼내 쓰면서 레이나가 말한다.

"살짝 춥네."

라고. 길 한쪽은 바다이고, 정박해 있는 배 몇 척이 바람에 흔들려 삐걱대고 있다. 인터내셔널 페리 포트라고 표기된 건물이 보이기에 저기 가서 맨 처음 도착한 배에 타는 건 어떨까 하고 이츠카는 생각했다. 인터내셔널이라고 한 걸 보면 외국으로 가는 배일 테고, 하지만 그렇게 되면 '미국을 보는' 여행은 아니게 돼 버린다.

"메인 비치에는 안 가도 괜찮은데?"

레이나가 말꼬리를 올리며 말했다.

"으음, 그러니까 내 말은, 만약 어렵다면."

"그럼 안 돼. 가기로 정한 거니까 가야지."

대답은 했지만, 어떻게 할지 방법은 알 수 없었다. 우선 열차로 갈 수 있는 곳까지 가서, 거기서부터 걷는다? 히치하이크를 해? 하지만 호텔도 레스토랑도 다 닫혀 있을 것 같은 장소에 가서 대체 뭘 하면 좋을지.

"어쨌든 우선 저녁부터 먹자."

이츠카는 그렇게 제안했다. 아침도 이르고 밤도 이른 이 도시의, 마침 저녁 식사 시간대였다.

"퀴즈! 이 길로 곧장 가면 어디가 나올까요?"

아침나절에 지도를 머릿속에 입력한 이츠카가 물었다.

"전혀 모르겠는걸. 호텔?"

"땡~! 올드 포트입니다."

올드 포트에는 엊저녁에 들른 레스토랑이 있다. 어제 그 가게를 나서자마자 둘의 의견은 일치했다. 오늘도 그곳에서 저녁을 먹기로.

가게 안은 오늘도 어둑어둑했지만 문은 처음부터 열려 있었다. 바닥이 젖어 있고 가게 앞에 물웅덩이가 생겨 있는 것으로 보아 이 가게에서는 빗자루와 쓰레받기가 아니라 물과 솔로 바닥 청소를 한다는 걸 알 수 있었다.

이츠카와 레이나의 모습을 보더니 엊저녁의 그 여자는 놀란 얼굴을 했다. 그러더니 갑자기 웃는 낯을 하고 두 팔로 공기를 그러모으는 듯한 동작과 함께 말했다.

"들어와Come in."

마치 가게가 아니라 자기 집에 사람을 불러들이는 듯이.

정규 영업시간 중이어서인지 오늘은 달리 손님이 두 명 더 있었다. 저마다 혼자 온 할아버지와 아주머니로 둘 다 2인용 테이블에 앉아 있다. 그래서 이츠카와 레이나는 4인용 자리로 안내받았다.

"뭔가 잘 아는 장소에 돌아온 것 같은 기분이 드네."

레이나가 그렇게 말하고, 아직 두 번째라서 '잘 아는' 건 아니라고 생각하면서도 이츠카 역시 같은 기분이었다.

양초에 불이 켜진다.

"그래서, 너희 돌아온 거네."

여자가 말했다. 왜 '그래서'인지 알 수 없었기에 잠자코 있자,

"이 아이들, 엊저녁에도 왔었어요."

하고 다른 두 손님을 향해 말한다.

"그게, 여기 음식이 맛있어서요."

레이나가 입을 열자, 여자는 다시 웃는 낯을 하고, 아주머니 손님이 낮은 목소리로 무언가 말하며 엄지를 치켜들었다.

"나이가 몇인가?"

할아버지가 레이나에게 묻고, 레이나는 미리 말을 맞춰 놓은 대로 자신은 열네 살, 이츠카는 스물한 살이라고 대답했다.

"자매야?"

이번에는 아주머니가 묻는다. 역시 낮은 목소리다. 화려한 색조의 구깃구깃한 스카프를 목에 두르고 있다.

"사촌지간이에요."

레이나는 어째선지 가슴을 폈다.

칠판에 적힌 메뉴는 어제와 똑같고, 굳이 다르다면 품절된

메뉴가 '원더풀 그린 샐러드'와 넙치뿐이라는 점이었다. 두 사람 다 어제 먹었던 것을 주문할 생각이었는데 가게 주인과 다른 두 손님이 입을 모아 랍스터를 먹어 봐야 한다고 주장하기에 그러기로 했다. 물론 수프('오늘의 수프'는 오늘도 생선이었다)에 이어서.

비만 체형인 할아버지도 스카프를 두른 아주머니도 이미 식사를 다 마친 듯 보였다. 그런데도 돌아가지 않는 건 뭔가 계속해서 더 질문하려는 심산인지도 모르고, 가뜩이나 자신들 두 사람이 관찰당하고 있는 것 같았기에 이츠카는 마음이 편치 않았다.

"레이나, 너 붙임성이 너무 지나쳐."

작은 소리로 그렇게 말하자 사촌 여동생은 난감한 얼굴을 했다.

랍스터에는 녹인 버터가 뿌려져 있었다. 살이 어찌나 탱탱한지 썰기가 좀 어렵다.

"아니야."

Na로 들리는 발음으로 엘레나가 말하면서 레이나 손에서 나이프를 빼앗아 쥐더니, 새빨갛게 삶긴 껍데기로부터 살을 깔끔하게 발라 주었다.

"고맙습니다."

레이나는 고마움을 표하고, 볼이 미어져라 한입 크게 넣는다.

"맛있어Good?"

그렇게 물은 사람은 엘레나의 모친이자 요리를 담당하는 캐스였는데 그 말은 의문형이긴 했지만 뒤에 '그렇지?'가 따라붙는 울림이 있었다. 입안이 꽉 차 있어서 레이나는 대답 대신 웃는 얼굴로 고개를 끄덕여 보인다. 주방에서 나온 캐스는 앞치마를 두른 채 당당하게 이츠카짱 옆에 앉아 있다. 엘레나와 마찬가지로 체격이 크고, 다만 흰 피부의 엘레나와 달리 볕에 그을린 쭈글쭈글한 피부를 지니고 있었다. 긴 금갈색 머리는 뒤로 대충 묶었다. 레이나 옆에는 엘레나의 아들인 마이클이 앉아 있었다. 이 소년은 이제 일곱 살이고 매일 밤 이곳 주방에서 밥도 먹고 숙제도 한다는데 지금도 산수 문제지 같은 것을 펼쳐 놓고 한 문제씩 풀 때마다 팔꿈치로 레이나를 쿡쿡 찌르며 "봐봐"라고 말한다. 이츠카짱은 어이없어하는 표정을 하고 있다. 하지만 어쩔 수가 없었다. 뚱뚱한 할아버지와 야윈 아주머니가 이것저것 물으니—일본인이냐 중국인이냐, 단둘이 여행하는 거냐, 왜 이 지역으로 왔냐, 이제 어디로 갈 예정이냐—, 거기에 대답하지 않을 수 없었다. 그것을 엘레나가 고스란히 듣고 있다가 그 손님들이 나가고 나자 바로 안에서 캐스를 불러냈고, 캐스와 함께 소년도

나와 버렸기 때문에.

"금요일이야."

테이블 옆에 선 엘레나가 다짐을 놓듯 말했다.

"오전 열한 시."

라고.

"네."

레이나는 대답하며 생긋 웃어 보인다. 이츠카짱은 불안해 보이는 표정이지만 이견을 말하진 않았다. 비록 금요일까지 기다려야 한다지만 비치에 갈 수 있는 것이다. 행운이란 이런 것을 두고 하는 말 아닐까.

"어제, 나, 여기서 두 사람 봤어."

산수 문제지에서 얼굴을 들고 마이클이 말했다.

"난 너를 못 봤는데?"

레이나가 대답하자, 갈색 머리의, 과장 안 보태고 꽤 살쪄 보이는 그 소년이 히죽 웃는다.

"다들 그래. 사람들은 내가 보이지 않지만 나는 모두 보이거든, 여기 있으면."

모든 것은 눈 깜짝할 사이에 결정 나 버렸다. 우선 수프가 나오고 이어서 캐스가 불려 나오고, 수프를 다 먹었을 때에는 이미 결정 나 있었다. 엘레나에 따르면, 비치 같은 데는 차로 가면 '여기서 금방'이고 '캐스의 남자 친구'가 태워다 줄 것이다. 왜냐면 그는 매주 금요일마다 '비즈니스가 있어서 요크'로 나가기 때문이며 그 사람 차의 '조수석도 뒷좌석도 비어 가니까'. 캐스는 그 자리에서 남자 친구에게 전화를 걸었다. 반짝반짝한 장식이 잔뜩 달린 휴대 전화로.

랍스터는 맛있었지만 씹는 데 턱 힘이 필요했다. 게다가 거대하다. 요리 담당인 캐스가 눈앞에 있어서 남기려니 미안한 마음이 들었지만 더 이상 들어가지 않아서 포크를 내려놓았다.

"모르는 사람 차에 타도 괜찮을까."

아마도 아까부터 줄곧 하고 있었을 생각을 이츠카짱이 입 밖에 냈다.

"모르는 사람이지만, 캐스의 남자 친구니까 괜찮지 않아?"

"하지만, 사실 캐스도 모르는 사람이잖아."

그렇긴 하지만, 라고 대답했을 때 캐스가 웃었다.

"나에 대해 이야기하고 있구나."

대화 내용까지 알아차리지는 못했을 줄 알면서도 레이나는 마음이 켕겼다.

"잘 먹었습니다."

이츠카짱이 일본어로 말한다.

"계산해 주세요."

하고 이번에는 영어로.

"벌써 배불러?"

랍스터 잔해(이츠카짱도 꽤 남겼다)를 보고 캐스는 말했지만, 그 의문형도 뒤에 '그렇지?'가 따라붙는 울림이 있었다.

"샌드위치로 만들어 줄 테니 가져가. 야식으로 딱 좋잖겠어."

자리에서 일어나 양손에 접시를 들고 주방으로 들어간다. 이렇게 좋은 사람(의 남자 친구)을 의심하는 건 잘못이라고 레이나는 생각했다.

"내일, 장 볼 수 있겠지?"

이츠카짱에게 말한다.

"비치에 가져갈 물건을 사야 해."

라고.

계산을 마친 후 샌드위치를 받아 들고 밖으로 나왔다. 아직 6시도 안 됐다. 오, 항구 도시! 레이나는 깡충깡충 뛰어갔다.

여동생으로부터 아이들이 없어졌다는 연락을 받은 후에 미우라 신타로 앞으로 딸이 보낸 첫 그림엽서에는 맨해튼의 야경 사진이 실려 있었다. 우체국 소인도 뉴욕 시티이고, 날짜로 보아 여동생 일가가 사는 교외 집을 나선 지 얼마 안 돼 우체통에 넣은 것임을 알 수 있다. 내용은 짧고, 파란색 볼펜으로 적어 넣은 글자는 큼직하고 또렷또렷했다.

> 화나셨을 거라 짐작합니다. 하지만 이렇게 돼 버렸습니다. 모처럼 유학 보내 주셨는데 죄송해요. 레이나가 안부 전해 달랍니다. 저희는 잘 있어요.
>
> 이츠카

한 번 읽고, 두 번 읽고, 세 번째에는 읽는다기보다 글자를 그저 바라보면서 신타로의 입가에 미소가 번진다. 내용은 문제가 아니었다. 둘이 무사하기만 하면 그걸로 됐고, 타국에서 경험하는 이런저런 일들은 결국 어떠한 형태로든 본인들에게 도움이 될 터이다.

시간은 어느덧 밤 한 시가 넘었다. 잔업 후 야식으로 직원들을 다독이고 나서 귀가하였기에 이미 술이 좀 들어간 상태였지만, 딸한테서 온 반가운 엽서를 보고 난 신타로는 잠자리에 들기 전 한 잔 더 하기로 마음먹는다. 고급 위스키로 딱 한 잔만. 안 자고 있었다면 좋아서 함께 어울려 줄 아내는 이미 침실에 들어가 있지만 오늘 밤에 한해선 그래도 아무 상관 없었다. 무슨 까닭인지 신타로는 요 몇 년 동안 지금처럼 이츠카가 가깝게 느껴진 적이 없다. 멀리 떨어져 있는데도.

냉장고를 여니 치즈가 보이기에 꺼내 썰었다. 유리잔에 얼음을 넣고, 테벡Té Bheag과 로건Logan 사이에서 잠시 고민하다 로건을 골라 따랐다(신타로는 워낙 위스키를 좋아해서 집에 전용 선반까지 만들어 술병을 진열해 놓고 있다).

엽서가 도착했다는 사실은 낮에 아내가 보낸 문자 메시지로 알게 되었다. 내용(이라고 할 정도의 내용은 없다는 것)도 그때 알았고. 그런데도 막상 이렇게 실물을 눈앞에 두고 보니 스스로 생각해도 놀랄 만큼 신선한 감회가 일었다. 파란 볼펜 글씨에서 딸의 기운이랄까 생기 같은 것이 생생하게 느껴진다. L자형 소파의 짧은 쪽 끄트머리에 앉아, 열일곱, 하고 신타로는 생각해 본다. 신타로 자신은 그 나이 즈음 오카야마에 있었다. 대학에 입학하면서 도쿄로 나오게 되는데 열일곱 나이는 그 조금 전이다. 고등학생이었고, 연식 테니스부 소속이었다(점심시간에 좋아하는 곡을 틀고 싶다는 이유 하나만으로 방송부에도 겹치기로 들어 있었다). 입시 학원에 다니는 친구들도 있었지만 신타로는 학교와 집 이외의 장소에서 공부한 적이 없고, 그래도 신기하게 성적은 좋았다. 고등학생 때부터 '여자 친구'가 있었지만 당시에는 그저 함께 하교하는 상대라는 의미에 지나지 않았고, 동아리 활동이 끝날 때까지 기다려 주는 그 아이를 집에 바래다주고(가끔은 그대로 그 집에 들어가 저녁을 얻어먹기도 하고), 내일 또 보자며 헤어지는 것이 전부인 관계였다. 생가에는 부모님과 여동생, 그리고 조부모가 있었다. 주위는 온통 논이었고 여름이 되면 개구리가 울었다.

마치 자신의 이야기가 아닌 듯한 기분이 들었다. 구체적인 사실은 떠오르는데 무얼 생각했는지, 어떤 성격이었는지, 하는 것은 전혀 기억나지 않는다. 자신이 일찍이 열일곱 살이었다는 사실이 신타로는 어쩐지 언짢다. 그 무렵 무엇을 생각했든, 어떤 성격의 인간이었든, 그 녀석은 이미 세상 어디에도 없기 때문이다.

"왔어?"

목소리에 이어 아내가 들어왔다.

"역시나."

라고 말하며 미소 짓는다.

"당신이라면 싱글벙글할 줄 알았어. 이츠카한테서 온 엽서를 보고."

파자마 위에 걸친 숄을 가슴 앞에서 여며 쥐고 있다.

"미안. 잠을 깨웠나 보네."

"딱히 소리는 안 났어. 그냥 어쩐지 눈이 떠졌어."

아내는 찬장에서 유리잔을 꺼내 신타로 옆에 앉았다.

"얼음은?"

물어보니, 없어도 된다는 대답이었다. 둘이 앉아 술을 마시면서 신타로는 엽서를 보았을 때 느낀 감회를 아내에게 전하려 했다. 자신이 이츠카를 신뢰한다는 것, 젊어서 하는 여행은 나이 먹고 나서 하는 여행하곤 또 다르다는 말도 덧붙였다.

"하지만."

치즈 외에 뱅어포를 살짝 구워 내기도 하면서 그 말을 듣던 아내가 부드럽게 말했다.

"학교 문제가 있으니, 레이나는 돌려보내 줘야지."

라고.

아침 산책은 이제 일과가 되었다. 마음에 드는 언덕길, 마음에 드는 벤치, 마음에 드는 돌계단(걸터앉으면 여러 건물들 사이로 예기치 않게 파란 바다가 보인다). 마음에 드는 거리, 마음에 드는 과일 가게, 마음에 드는 길고양이. 이츠카에게는 심지어 마음에 드는 마네킹까지 생겼다(여성용 속옷 가게의 쇼윈도 안에 비좁게 선 세 개 중 하나인데 다른 두 개가 각각 빨간색과 검정색의 화려한 속옷 차림인 데 비해 수수한 베이지색 러닝셔츠형 캐미솔과 짧은 속바지만 걸치고 있는 데다가 왜인지 이 마네킹만 가발을 쓰고 있지 않아서 존재감이 매우 약하다. 그 미약한 존재감이 지나칠 때마다 신경 쓰였던 것).

불과 닷새 만에 완전히 이 지역 주민 같은 기분이 든다는 사실에 이츠카는 스스로 놀란다. 석 달 보름을 살았던 뉴욕에서는 그렇지 않았는데.

빵집 점원도 이츠카를 기억해 주어서 "안녕하세요." 하고 인사를 건네는 방식이 처음 왔을 때와는—덧붙이자면, 매일 오지는 않는 다른 손님들에게도—확연히 다르다. 그런 일들이 이츠카로서는 기뻤다.

빵과 커피를 안고 호텔로 돌아온다. 침대 위 한가득 레이나의 짐이 풀어 헤쳐져 있고 당사자는 목욕 중이었다. TV가 켜져 있었다.

"레이나, 벌써 아홉 시 반이야."

욕실을 들여다보며 말하는데 그 좁은 공간이 수증기로 인해 후텁지근했다.

"열 시 지나면 체크아웃 한다고 미리 짐 싸 두라고 했잖아."

알아. 하지만 지금 머리 감는 중이야, 하고 레이나가 대답했다. 입을 크게 벌리지 못하는 탓에 웅얼거리는 소리로.

"커피 식어."

이츠카는 그렇게 말하고 문을 닫는다. 안다면서 왜 지금 머리를 감고 있는지 이해가 가지 않았다. 조바심이 나지 않았다고 하면 거짓말이겠지만 동시에 어떤 의미로 감탄해 버린 것 또한 사실이었다. 자신으로선 절대 하지 못하는 짓이었기 때문이다. 부러움 비슷한 감정이 저항할 길 없이 샘솟는다. 그렇게 하고 싶은 건 아니었지만 하지 못하는 자신보다 할 수 있는 레이나의 심지가 좋다고 할지, 인간으로서 크다는 느낌이 든다.

어젯밤에도 그랬다. 뭐, 어젯밤 있었던 일과 오늘 아침의 일이 비슷한 건 아니지만 이츠카가 못하는 일이라는 점에서는 같았다. 레이나는 어젯밤, 엘레나가 일하는 가게—레스토랑이 아니라, 엘레나가 레스토랑 일을 마치고 일주일에 사흘, 컨트리 가수로서 출연하는 술집—에서 노래했다. 뭔가 일본 노래를 불러 주면 좋겠다는(엘레나가 아니라 술집에 드문드문 앉아 있던 손님들에게) 요청을 받고서. 이츠카는 온몸이 'No'로 가득 찼지만, 변두리 느낌이 물씬 나는 그 술집에서 레이나는 과감히 일어서서 노래했다. 물론 반주도 없이 저 혼자, 초등학교 교가를. 갑자기 생각나는 일본어 노래가 그것밖에 없었노라고 나중에 말했지만, 전등갓 빛을 받아 오렌지색을 띤 그 공간에 교가는 묘하게 잘 녹아들었다. 현지 취객들뿐만 아니라 이츠카까지 그만 감동했을 정도다. 그 일을 떠올리고 존경의 염이 솟은 탓인지 모르겠지만, 욕실에서 나온 레이나가,

"이거, 이츠카 언니 배낭에 들어가?"

라고 물었을 때 이츠카는,

"넣을게."

라고 대답하고서, 둘둘 만 롱패딩을 받아 들고 말았다.

그리고 다시 이동하고 있다.

살짝 연 창문으로 들어오는 바람 냄새를 맡으며 레이나는 생각한다. 고속도로는 살풍경하다. 반 이상이 백발인, 마치 폭발한 것 같은 부스스한 머리의 밥이 운전석에 앉아 있다. 될 수 있는 한 그쪽을 보지 않으려 하는 이유는 볼 때마다 룸미러 너머로 눈이 마주쳐 버리기 때문이다. 그리고 밥이 미소를 짓는다.

출발은 떠들썩했다. 눈부시게 맑은 오전 시간이었고, 캐스와 엘레나뿐만 아니라 때마침 레스토랑에 있던 세 명의 손님들까지 분위기에 휩쓸렸는지 배웅에 가담해 주었기 때문이다. 경적이

울려 밖에 나가자 빨간 차가 서 있고, 부스스한 머리를 한 밥이 그 옆에 서 있었다.

"노상 먼지투성이인데, 너희 태운다고 이 사람 세차했어."

우습다는 듯이 캐스가 말했다. 엘레나는 별말 없었지만, 무사한 여행이 되길 기도한다면서 숨이 막힐 정도로 꽉 안아 주었다. 아주 조금밖에 알지 못하는 사람들인데도 레이나는 헤어지기가 힘들었다. 이츠카짱이 매일 아침 산책에 나섰듯이 레이나는 그 거리에서 지내는 동안 날마다 그 사람들 가게에 얼굴을 내밀었다. 식사하기 위해서가 아니라 그저 그들의 얼굴을 보기 위해. 어머나, 레이나, 또 왔어? 엘레나가 그렇게 말하며 웃어 줄 때면 어쩐지 안심이 되었고, 저녁이면 마이클도 만날 수 있었다. 통통하고 어른스러운 구석이 있는 그 소년에게서 레이나는 유즈루를 떠올린다.

밥이 운전하는 차에 흔들려 가면서 레이나는 발치에 놓아둔 비닐봉지를 만져 본다. 그 안에는 마이클이 준 색다른 작별 선물이 들어 있다. 학교에 가 있을 시간이어서 배웅하러 오지 못한다는 것을 알고 있던 마이클은 어제 그것을 레이나와 이츠카에게 주었다. 비가 와도 젖지 않도록 까만 비닐 쓰레기봉투에 넣어서.

"모두 좋은 사람들이었어."

과거형으로 말하며 레이나는 앞으로의 일을 생각하려 했다. 앞으로의 일, 이어질 여행을.

밥은 수다스러운 사람이었다. 묻지도 않는데 자신이 원래 어부였던 거며 두 번 결혼했고 이혼도 두 번 했다는 것, 캐스를 만나고서 'BANG(심쿵)'했다는 이야기들을 해 주었다. 요크에서 한다는 '비즈니스'가 바Bar 운영이라는 것도 알게 되었다. 포틀랜드와 요크에 바Bar를 하나씩 소유하고 있으며, 평소에는 포틀랜드점에 있지만(왜냐면 거기에 캐스가 있으니까) 금요일과 토요일 밤만 요크점에 얼굴을 내밀기로 하고 있단다.

이츠카짱은 마치 밥이 제대로 가고 있는지 의심하는 양 무릎 위에 지도를 펼쳐 놓고 있다.

"봐봐."

레이나가 그렇게 말하고, 도어에 달려 있는 버튼을 눌러 내렸다 올렸다 하면서 차창을 여닫았다.

"이렇게 하면 바람 소리가 달라져."

활짝 열면 바바바바, 보보보보, 로 들리는 바람 소리가 살짝 연 차창 너머로는 휴—휴—로 들리고, 절반 정도 열면 뷰—뷰— 하는 소리에 유리가 흔들리며 내는 달각달각 소리가 섞인다.

"맞지?"

그 발견을 레이나는 재미있다고 여겼지만 사촌 언니는 고개만 끄덕였을 뿐이었다.

차는 고속도로를 빠져나오고 바람이 갑자기 완만하게 누그러진다. 넓다. 그것이 레이나 머릿속에 떠오른 생각이었다. 게다가 밝다, 라는 것이. 시야를 가로막는 것이 없어서 하늘이 저 멀리까지 보인다. 빨간 지붕의 하얀 집, 파란 차양을 댄 하얀 집, 녹색과 옅은 갈색으로 얼룩덜룩한 잔디밭. 조용하고, 사랑스럽고, 장난감 같은 풍경이었다. 레이나는 어렸을 때 갖고 있던 미니어처 목장 세트를 떠올렸다. 하얀 울타리, 하얀 간판, 하얀 테라스—. 여기저기 놓여 있는 인공물은 눈에 띄는 한 전부 하얗다. 잠시 더 달리자 해안선이 보였다.

"바다!"

비치이므로 당연히 바다가 있다는 건 알지만 그래도 무심결에 목소리를 높이고 만다.

"이제 곧 도착할 거야."

밥이 말했다. 이 사람의 목적지는 아직 더 가야 하지만 일부러 중간에 고속도로를 빠져나와 호텔까지 데려다주는 것이다(10월에도 영업하는 호텔은 '짙은 화장 · 좋은 사람 · 아이린'이 알아봐 주었다).

"고맙습니다."

레이나가 말하고, 같은 말을 이츠카짱도 했다.

"비치에는 얼마나 있을 거야?"

밥이 묻고 나서, 레이나가 미처 대답하기도 전에,

"괜찮으면 다음에 가게에 한번 놀러 와. 바Bar지만 탄산음료도 있으니까."

라는 말을 덧붙이고, 그다음은 중얼중얼 혼잣말을 했다. 금요일과 토요일에, 금요일과 토요일에, 금요일과 토요일에, 라고 노래하듯 되풀이한다.

On Fridays, and Saturdays, on Fridays, and Saturdays —. 예약한 작은 호텔에 도착하여 부스스한 머리의 밥과 헤어진 후에도 그 말이 레이나의 귀에 남고 말았다.

"왔네."

체크인을 마치고 방에 들어와 짐을 내려놓자 이츠카짱이 말했다.

"왔어."

대답하노라니 기쁨이 서서히 차올랐다. 『호텔 뉴햄프셔』의 아빠와 엄마가 실질적으로 처음 만났던 장소, 조용한 해변, 열차도 버스도 다니지 않는 땅, 더구나 태양은 아직 거의 머리 바로 위에서 빛나고 있다!

"치—크!"

레이나가 그렇게 말하며 까치발을 하고 서서 사촌 언니의 뺨에 뺨을 맞댔다.

까만 비닐봉지를 열고 안에 든 것을 꺼내 본다. 마이클이 손수 골판지 상자를 잘라 만든 사인보드였다.

WE WANT TO GO TO(가고 싶습니다)

매직펜으로 새까맣게 쓴 그 밑에 행선지를 적은 종이를 붙이면 얼마든지 재사용할 수 있게 되어 있고, 보드에 붙일 종이(자른 도화지 10장)와 행선지를 적기 위한 검정 매직펜 한 자루도 같이 들어 있다. "눈에 띄는 것이 중요해." 마이클은 그렇게 말했다. "하지만 애교 부린답시고 별이라든지 하트나 스마일 마크 같은 건 그려 넣지 않는 게 좋아."라고도 했는데 그 아이는 일곱 살 나이에 이미 히치하이크 경험자(할머니와 둘이서)였다. "할머니와 손자라는 조합이면, 대부분 세워 주거든." 캐스는 그렇게 말하며 웃었다. "왜 그렇잖아, 보통 노인과 아이에게는 친절히 대하라는 말을 들으며 자라니까."

그 사인보드를 들고 길 위에 선 자신들을 상상하자 레이나는 가슴이 두근거리기 시작했다. 이제부터는 걷거나 히치하이크 말고는 달리 교통수단이 없다는 의미다. 이건 꽤 '굉장한 일'이다.

남편은 침묵을 지키기로 작정한 듯하다. 식탁 공기가 무거워지기에 뭔가 말을 해 줬으면 좋겠다고 리오나는 생각한다. 레이나와 이츠카가 사라지고 나서부터 집 안이 어둡다. 그 어둠은 습기처럼 구석구석까지 퍼져 있어서 숨쉬기가 괴로울 정도였다.

"올해 레인저스는 어떨까."

리오나가 아들에게 말했다.

"이길 거야. 데릭 브라사드가 있고, 릭 내쉬도 있는걸."

"릭 내쉬라면 작년에 다 같이 보러 갔던 경기에서 부상당한 사람 맞지?"

아들이 어깨를 으쓱해 보인다.

"부상은 누구나 늘 입어."

리오나는 아이스하키에는 거의 흥미가 없다. 스피드에는 압도당하고 하프타임에 나오는 꼬맹이 선수들은 귀엽지만, 그 정도 인식이 전부다. 그렇지만 아들 유즈루의 생활은 현재 학교와 컴퓨터 게임과 아이스하키로 이루어져 있다.

"매시드 포테이토 아직 더 있는데."

요즘 들어 아들이 좋아하는 것만 만들게 된다.

"그럼, 조금만 더 줘."

유즈루가 대답하고,

"잘 먹었습니다."

하고 남편이 말했다. 언짢은 표정 그대로 자리에서 일어나 테이블을 떠난다. 다른 사람이 아직 식사하고 있는 동안에는 자리를 뜨면 안 된다. 리오나도 남편도 평소 아이들에게 그리 가르쳐 왔는데.

"괜찮아."

묻는 듯한 아들의 시선에 리오나는 대답하고, 스스로도 무엇을 보증하고 있는지 모르는 채 보증한다.

"아빠는 레이나가 너무 걱정돼서 어찌할 바를 모르는 거야."

"하지만 엽서가 왔으니 괜찮은 거 아냐? 잘 지낸다고 쓰여 있었고."

그러게, 라고 대답은 했지만, 그 엽서가 도리어 남편을 더 조바심 나게 만들고 있다는 것을 리오나는 알고 있었다. 악의 없는 내용도, 뒷면에 인쇄된 고양이 일러스트도—. 소인은 메인주 포틀랜드로 되어 있었다. 메인주 포틀랜드. 리오나도 남편도 가 본 적 없는 그런 먼 곳에 레이나가 있다니, 상상이 되질 않는다. 아마도 남편은 당장이라도 그곳에 가서 딸을 붙잡아 오고 싶은 심정이었을 것이다. 그런 한편 이미 그곳에 딸이 없을지 모른다고도 생각했으리라. 꼼꼼하고 진중한 남편은 질서를 사랑한다. 올바르게 움직인다면 매사 올바르게 돌아간다고 믿는 사람이다. 손 놓고 있을 수밖에 없는 상태가 그 사람으로서는 견디기 힘든 것이리라. 게다가 남편의 언짢은 심기에는 걱정 이외의 무언가가 분명히 포함되어 있었다. 그것은 자기 자신이 부당한 꼴을 당하고 있다는 감각이자, 조카딸을 이 집에 들인 리오나를 향한 무언의 비난이리라.

"괜찮아."

리오나는 아들에게 다시 한번 말한다. 하지만 대체 무엇이 괜찮단 말인가. 네 누나는 괜찮다? 아빠는 괜찮다? 아니면 나는 괜찮아, 일까.

10월 20일, 화요일, 오후 1시 반, 맑음. 레이나는 레스토랑 테라스석에 앉아 노트에 그렇게 썼다. 바다, 무섭도록 파랗다, 라고 쓰고, 테라스에 있어도 코와 입으로 동시에 바다 냄새가 들어온다, 라고 썼다. 바람이 세서 머리카락이 자꾸 얼굴을 때리는 바람에 글을 쓰기가 힘들다. 레이나는 천 가방에서 헤어클립을 꺼내 얼굴 주변의 머리카락을 뒤로 모아 고정시켰다. 테이블에는 디저트로 주문한 블루베리 파이가 반쯤 남아 있다. 웨이트리스 언니 느낌이 괜찮다, 라고 쓰고, 이 부근 사람들은 모두 말투가 느긋하다, 라고 썼을 때였다.

"그러고 있으니까, 레이나 너, 어쩐지 고슴도치 같다."

이츠카짱이 그렇게 말하면서 웃었다.

"고슴도치?"

"응. 몸을 둥그렇게 웅크리고 있는 느낌."

의자 위에 양쪽 무릎을 세우고 쪼그려 앉아, 딱 붙인 무릎 위에 노트를 얹은 채 글을 쓰고 있던 레이나는 고슴도치가 글을 쓰고 있는 장면을 상상하다 자신도 따라 웃었다.

해안 지방에 온 후로 지난 나흘간은 하루하루가 피크닉 같았다. 바다 삼매, 산책 삼매, 랍스터 삼매(그런데 레이나로서는 기쁘게도 호텔 조식에 팬케이크가 있었다!). 한가롭다 못해 잠이 올 것 같은 동네라고 이츠카짱은 말한다.

"그래도, 아슬아슬하게 아직 10월이라서 다행이야."

샤프심을 밀어 넣고 노트를 덮으며 레이나가 말했다. 웨이트리스 언니에 따르면, 이 레스토랑도 10월 말일까지만 영업을 하는 듯하다.

"엘레나 말이 사실이라면, 다른 도시는 더 적막하겠는걸."

이츠카짱이 중얼거린다. 다른 도시란 요크와 키터리를 말한다. 엘레나가 말하길, 메인 비치에 자리한 세 도시 중 '가장 번화하다'는 오건퀏에 두 사람은 지금 와 있었다. 그 오건퀏조차 '짙은 화장 · 좋은 사람 · 아이린'이 말한 대로 이미 거지반 오프 시즌에 들어가 문을 닫은 가게며 호텔이며 시설이 많다. 그래도 이츠카짱의 열정적인 조사 덕에 플레이하우스라는 극장에서 뮤지컬이 상연되고 있다는 것을 알고 오늘 밤 보러 가기로 했다.

"내일쯤 요크로 이동할까?"

계산서를 보고 이츠카짱이 지갑에서 신용 카드를 꺼내면서 묻는다.

"그래. 비치는 전부 10월 중에 돌아보는 게 나을지도 몰라."

레이나는 대답하고, 머리에서 헤어클립을 뗐다.

호텔 방으로 돌아와 보니 침구가 깔끔하게 정돈되어 있었다. 레이나는 침대 위에 털썩 드러눕는다.

"편하네. 침대 정리고 청소고 내 손으로 안 해도 된다는 건."

솔직한 심정을 소리 내어 말했을 뿐인데, 입 밖에 내기 무섭게 자신의 방이 떠오르고 말았다. 뉴욕 집 2층의 그 방―. 이렇듯 화창한 오후에 창문 너머로 햇빛이 어떤 식으로 들어오는지까지 떠올랐다.

"안 돼."

다시 소리 내어 말하며 벌떡 일어나 그 광경을 머리에서 쫓아내려 했다. 생각나 버리면 그리워질 것 같았기 때문이다.

"안 돼?"

이츠카짱이 되묻는다. 다른 생각을 하려는데, 이번에는 왜인지 절친인 시에라의 얼굴이 떠올랐다. 시에라는 점심시간에 누구랑 같이 밥을 먹을까.

"뭐가 안 돼?"

재차 묻기에 레이나는 아무것도 아니라고 답한다.

"아무것도 아닌데, 뭐가 잠깐 생각나서."

"뭐가?"

낮은 목소리로, 당연한 의문을 입에 올린 이츠카짱은 의아해하고, 레이나는 엉겁결에,

"할머니네 집."

하고 거짓말을 했다.

"할머니네, 불단 있는 방 말이야. 놀러 가면 늘 거기에 이불이 잔뜩 쌓여 있지 않았어?"

"있었어, 있었어."

이츠카짱이 눈을 빛낸다.

"우리, 걸핏하면 그 위로 다이빙했잖아."

"푹신푹신해서 기분 좋았으니까."

레이나도 맞장구를 치고, 일본에 돌아가면 또 그 이불 위로 다이빙하고 싶다는 말을 주고받으며 그 이야기는 끝이 났지만, 이츠카짱에게 거짓말을 한 건—기억 못 할 만큼 어렸을 때는 했을지 모르지만, 레이나가 레이나로서 기억하는 한—처음이라서 사촌 자매 사이에 갑자기 거리가 생긴 것 같아 불안해졌다. 더구나 그 거리를 만든 건 바로 자신이다.

"굉장하다."

자신의 발견에 놀라 레이나는 다시 소리를 내고 만다.

"이츠카짱, 레이나, 지금, 굉장한 걸 발견했어. 어른들은 모두 아이들에게 '거짓말을 하면 안 된다'고 말하잖아. 왜 그런지 이제 알았어."

"왜 그런 건데?"

가이드북과 지도를 대조해 가며 극장 위치를 확인하던 이츠카짱이 얼굴을 들고 그다지 흥미 없는 듯이 물었다.

"그건 말이지, 거짓말을 하면 쓸쓸해지기 때문이야."

그렇게 대답하자 묘한 공백이 생기고, 곧이어 이츠카짱 얼굴에 재미있어하는 듯한 표정이 떠오른다.

"뭔데? 어느 부분이 거짓말인데? 무슨 거짓말을 했는데?"

의자에서 일어나, 간지럼 태우려는 사람처럼 천천히 다가온다. 시늉만 했을 뿐인데도 지레 간지러움을 느끼고 레이나는 목을 움츠렸다. 이츠카짱이 침대에 뛰어든다. 할머니네 집의 불단이 있던 그 방에서 그랬던 것처럼.

"말해. 자백해, 얼른."

"안 해. 거짓말 안 해. 아니, 했지만 이미 까먹었는걸."

길고 늘씬한 팔다리를 지닌 사촌 언니의 몸 아래에서 레이나는 바르작거린다.

"그만해. 비켜. 무거워, 이츠카짱."

사촌 언니의 피부에서 호텔 냄새가 났다. 호텔 비품인 비누라든지 타월 비슷한 냄새가. 둘 사이의 '거리'는 이미 사라졌지만, 그래도 앞으로 두 번 다시, 절대, 이츠카짱에게 거짓말은 하지 않겠다고, 이때 레이나는 마음먹었다.

석양빛이 바다에 흩어진다. 이츠카는 배드민턴이라는 것을 아마도 초등학생 때 이후로 해 본 적이 없다. 라켓이 셔틀콕을 정확하게 받아 냈을 때의 팡, 하는 가볍지만 확실한 손맛이 얼마 만인지……. 파도에 젖을락 말락 하는 장소에서 치고 있다 보니—처음엔 좀 더 안전한 장소를 골랐지만 마른 모래에 발이 푹푹 빠져서 도무지 랠리가 이어지질 않았다—셔틀콕이 언제 물에 떨어질지 모른다는 스릴이 있다.

"잘하네."

파도 소리에 묻히지 않게 목소리를 크게 내어 말하자,

"이츠카짱이야말로."

라고, 레이나의 목소리가 즉각 되받아쳤다.

"그런데 꽤 지친다, 이거."

때린 셔틀콕이 되돌아올 동안에만 목소리를 낼 수 있다 보니 대화가 자연스레 리드미컬해진다.

"엥? 너무 빨리 지치는 거 아냐?"

그건 레이나의 스윙 방식이 불안정해서 셔틀콕이 이리저리 날아가기 때문이야, 라는 문장은 너무 길어서 입 밖에 낼 수 없었다.

"여기 친구들과도 하니? 배드민턴?"

"한 적 없어."

이츠카는 강약을 조절해 가며 치고 있지만 레이나는 한결같이 힘을 잔뜩 실어 되받아친다. 그래서 이츠카는 두세 걸음 뒤로 물러나며 치는데, 그렇게 하면 이번에는 레이나가 되받아친 공이 멀리 날아오질 않아 한껏 앞으로 돌진하여 공을 밑에서부터 건져 올리듯 받아쳐야 한다.

"나이스!"

이츠카가 그렇게 할 때면 레이나는 칭찬했다. 저 멀리 갈매기가 날아다니는 모습이 보인다. 문득 이츠카는 신기한 기분이 든다. 이런 외국의 해변에서, 레이나와 배드민턴을 치고 있다니.

저녁 하늘에 하얀 셔틀콕이 녹아들어 한순간 보이지 않게 되고, 다시 나타난 그것을 이츠카는 그만 놓친다.

"Good for you, little girl!"

굵직한 목소리가 들렸다. 떨어진 셔틀콕을 주워 들면서 돌아보니, 잔교 위에서 체크무늬 셔츠를 입은 남자가 웃고 있었다.

"I saw you, playing volleyball, yesterday!"

어제 발리볼 하던 모습도 봤다고 다시 외친다. 발리볼이란 표현이 딱 들어맞는 건 아니지만 어제도 이 해변에서, 역시 해가 뉘엿뉘엿 기울어 가는 이 시간 즈음에 비치 볼을 튕기며 놀았다 (포틀랜드에서 레이나가 말했던 '비치에 가져갈 물건'이란 요컨대 놀이 도구이고, 비치 볼, 프리스비, 배드민턴 세트 같은 품목들을 엘레나가 알려 준 염가 잡화점에서 사 왔다. 레이나는 그것들을 무척 열심히 골랐다. "노는 건 중요해."라면서). 남자는 그걸 봤다고 말하는 듯하다. 붙임성 있게 손을 흔들어 주는 역할은 레이나에게 맡기고 이츠카는 배낭을 놓아둔 자리로 걸어가 앉았다. 물이 든 페트병을 꺼내 마신다. 갈매기 수가 늘어난 듯하다. 높이 그리고 낮게 날고 있다. 운동을 해서 땀이 밴 이마에 닿는 바람이 선득하니 차다. 조금 전까지 수면에 반짝이던 햇살은 어느새 소실되고 공기는 그저 파르스름했다.

오늘 밤에는 뮤지컬을 보러 가기로 되어 있다. '안젤라'라는 타이틀인데 무슨 내용인지는 짐작도 안 가지만, 현지 사람들이 매년 기대하는 이벤트라고 슈퍼마켓 점원이 말해 주었다. 티켓은 '가면 창구에서 바로 살 수 있는' 모양이다. 8시부터이므로 일단 호텔로 돌아가 짐을 놔둘 시간은 충분하다. 제법 걸어야 하니 중간에 어디든 가게에 들러 저녁 삼아 뭔가 간단히 살 생각이었다. 사서, 걸으면서 먹는다. 이렇게 넓은 하늘을 볼 수 있으니 그런 저녁 식사도 기분 좋을 터이다.

저만치에서 레이나는 잔교를 내려온 남자와 이야기하고 있다. 20대 후반? 아니면 서른쯤 됐으려나. 체크무늬 셔츠에 청바지 차림이라든지 전체적인 분위기로 보아 그렇게 어림짐작했지만 이츠카가 앉아 있는 자리에서는 남자의 얼굴까지는 잘 보이지 않았다. 슬슬 가자, 하고 부르려는데 레이나가 달려왔다. 뒤에서 남자도 바싹 붙어 따라온다.

"저기, 이츠카짱, 이 사람이 말야, 극장까지 차로 데려다주겠대."

"안 돼."

이츠카는 단박에 거절했다.

"왜? 극장까지 1마일이 넘는다는데. 1마일은 걸어서 가기엔 너무 멀다고. 차로 가면 금방이지만."

"어쨌든 안 돼."

1마일이면 약 1.6킬로미터. 확실히 멀지만, 그렇다고 못 걸을 거리는 아니다.

"왜?"

오늘따라 레이나는 쉽게 물러서지 않았다.

"왜긴, 모르는 사람이잖아."

이츠카의 그 말에 레이나는 일리 있는 반론을 제기한다.

"하지만, 원래 이제부터는 히치하이크를 할 예정이었잖아."

"저기, 너, 이 아이 사촌 언니라지?"

험악한 분위기를 알아차린 듯 남자가 머뭇거리며 끼어들었다. 멀찌감치에서 봤을 때보다 젊은 남자다. 남미계인지, 피부가 가무잡잡하다. 살짝 콧수염을 길렀는데 그 모습이 오히려 더 앳된

생김새를 부각시킨다.

"방금 이 아이와 이야기했는데, 플레이하우스까지는 거리가 꽤 되거든. 지금 —를 끝낸 참인 데다, 차, 저기에 세워 뒀으니까, 혹시 괜찮으면 태워다 줄게."

"뭘 끝냈다는 거야?"

미처 알아듣질 못해서 레이나에게 물었다.

"페인트 칠. 벤자민은 페인트공이야."

"강요하는 건 아니고…… 이제 곧 밤이고…… 걸어가기엔 위험하니까, 그러니까……."

벤자민은 난감한 듯 보였다. 양손을 뒷주머니에 찔러 넣은 채 어찌할 바를 모르는 소년처럼 보였다.

"정말 그래도 상관없어요?"

차를 얻어 타고 싶다기보다는 그 이상 곤란하게 만들고 싶지 않아서 이츠카가 묻자, 벤자민은 표정이 확—말 그대로 양초에 불이 확 밝혀진 것처럼—밝아지면서 "물론이지, 아무 상관 없어." 하고 대답했다. 나중에 생각하니 부자연스러우리만치 신바람이 나서.

일단 방으로 돌아가 놀이 도구를 놔두고 나올 때까지 벤자민은 호텔 앞에서 기다려 주었다. 밖으로 나왔을 때는 날이 꽤 어두워져 있었다. 벤자민의 발치에 꽁초가 네 개 떨어져 있어서 담배를 싫어하는 이츠카는 조금 못마땅했지만, 차로 데려다주겠다는 사람에게 불만을 말할 입장은 아니라고 생각을 고쳐먹었다.

차는 바로 옆에 세워져 있었다. 소형 은색 밴으로 뒤에 장사 도구—철제 사다리, 페인트 통, 낡은 천이 담긴 양동이며 어디에 쓰는지 알 수 없는 각종 용제溶劑—가 쌓여 있다.

"누가 조수석에 탈래?"

묻기에 이츠카는 자신이 타겠다고 대답했다. 캐스와 마이클 콤비로부터 히치하이크를 한다면 누군가 한 사람은 조수석에 타는 것이 예의라고 배웠다. 태워 주는 측 입장에서도 생판 모르는 사람을 등 뒤에 앉히고 싶진 않을 거라고.

"이츠카짱 봐봐, 샛별."

레이나가 위를 보며 말한다. 이제 막 밤이 시작된 하늘에 딱 하나, 밝은 별이 떠 있었다.

벤자민의 차 안에서는 말린 곡물 비슷한 냄새가 났다. 뉴욕에 있던 자연식품점—뮤즐리라든지 현미라든지 닦지 않은 사과 따위를 팔던—이 떠오르는 냄새였는데, 코를 찌르는 페인트의 자극적인 냄새나 담배 냄새보다 오히려 더 강하다. 무심코 코를 킁킁거리고 말았나 보다.

"냄새 나?"

벤자민이 물었다.

눈 깜짝할 사이에 극장에 도착했다. 조수석에 앉은 이츠카는 잠자코 있기도 미안한 감이 들어서 이 근처에 사는지, 나이는 몇인지, 두세 가지 질문을 짜내 보았지만 일문일답으로 끝날 뿐이었다. 긴장할 이유는 없었는데 차에서 내리자 이츠카는 한결 마음이 편해졌다. 신선한 바깥 공기, 걷고 있는 타지 사람들, 가로등이 비추는 길이 공원 안으로 곧장 이어지고, 정면에는 녹색 지붕의 극장이 보인다.

"사람들, 있네?"

뒷좌석에서 내린 레이나가 말하고, 드르륵 하고 큰 소리를 내며 벤자민이 그 문을 닫았다.

"다들 뮤지컬 보러 온 사람들인가? 노부부가 많네."

레이나 말마따나 이 동네에는 젊은 사람이 별로 없는 건지, 있어도 뮤지컬을 보러 오진 않는 건지, 어느 쪽일까 하고 이츠카는 생각한다.

벤자민에게 두세 차례 고맙다는 인사를 하고—영어로 감사 인사를 전하는 것이 이츠카로서는 고역이다. 땡큐만으로는 너무 형식적인 것 같고, 그렇다고 달리 어떻게 말해야 좋을지 몰라서 결국 같은 말을 소곤거리듯 작은 소리로 반복하게 된다—은색 밴에서 등을 돌렸을 때 어쩐지 쭈뼛거렸던 이 남자를, 몇 시간 후에 다시 보게 될 줄은 미처 몰랐다.

밤공기 속에 얼룩덜룩한 단풍이 라이트 업 되고 있다. 그 아래를, 꾸민 듯 안 꾸민 듯 차려입고 극장을 향해 걸어가는 노인들의 모습이 레이나 눈에는 재미있게 비쳤다. 그림책 『파랑새』에 나오는 죽은 사람들의 나라에 잘못 들어온 기분이었다. 마른 잔디밭 여기저기에 포장마차가 서 있다.

"왠지 여름 같네."

날이 추운데도 그런 말이 나와 버린 건 고기 굽는 연기 냄새 탓이었는지도 모른다. 반갑게도 레모네이드를 파는 포장마차도 있었다.

"그런데 미국 사람들은 국기를 좋아하네."

이츠카짱이 말한다. 극장은 정면에서 보면 양옆으로 긴 완벽한 장방형인데 발코니에 국기들이 일렬로 내걸려 있다. 헤아려 보니 열 개였다. 레이나에게는 그것이 그다지 드문 광경은 아니었다.

"국기 장식, 일본에선 잘 안 하지?"

하지만 이츠카짱은 그 물음에는 답하지 않고,

"먼저 티켓부터 사고 나서 뭔가 먹자."

하고 말했다.

레모네이드는 분말 형태를 녹인 것이었는데 레몬 맛이 나지 않는 것은 물론인 데다 밍밍하고 미적지근했다. 핫도그도 빵에 소시지만 끼워 넣었을 뿐 다진 피클도 볶은 양배추도 없었다. 하지만 무척 맛있게 느껴졌다. 요 며칠 해산물만 먹은 탓인지도 모른다.

극장에 들어가 자리를 찾아 앉은 후 노트를 꺼냈다. 해변의 배드민턴과 벤자민과 페인트를 실은 차량, 게다가 핫도그와 레모네이드에 관해 적어 두고 싶었기 때문이다.

"또 일기 쓰는 거야?"

옆에서 이츠카짱이 이해할 수 없다는 듯이 묻는다.

"써 두지 않으면 사라져 버릴 것 같아서."

그렇게 대답하자 이츠카짱은 더더욱 이해하기 어렵다는 듯한 얼굴이 되었다.

"안 사라져. 사실은 사라지지 않아."

라고 말한다. 사실은 사라지지 않는다. 레이나로서는 그 말이 진짜인지 알 수 없었다. 만약 사라지지 않는 게 맞다면, 그것들은 일기 말고 대체 어디에 계속 남아 있을 수 있다는 걸까. 하지만 그 감정을 말로 하기엔 너무 복잡했다. 그래서 레이나는,

"그래도, 사라져 버릴 것 같은 기분이 들어."

라고만 말했다.

8시를 5분 넘겨 시작된 뮤지컬은, 뮤지컬이라는 단어에서 레이나가 상상했던(레이나는 이전에 가족끼리 '애니'나 '판타스틱스'를 보러 간 적이 있고, TV 영화로 '마이 페어 레이디'를 본 적도 있다) 것과 달리 유쾌한 이야기는 아니었다. 무대는 아무래도 좀 옛날의 런던인 것 같고, 처참한 살인사건이 잇달아 일어나고 있다—. 요 부근까지는 의식이 있었는데 장면이 계속 어두운 밤인 데다 대사도 노래도 중얼거리듯 단조롭다 보니 어느새 잠이 들고 말았다(후반부에 여주인공이 연신 귀청이 찢어져라 비명을 질러 대는 통에 그때마다 눈이 떠졌지만, 의식이 무대로 되돌아가는 일은 없었다).

"재밌었어?"

장내에 불이 들어오고, 줄줄이 출구를 향하고 있는 관객들 틈에 끼어 묻자, 이츠카짱의 대답은 "영어인 데다 노래가 되니까 더 모르겠어."였다.

바깥으로 나와 라이트 업 된 공원 길을 걷는다. 손목시계를 들여다보고 깜짝 놀랐다.

"벌써 열한 시야? 긴 공연이었네."

관객들 대부분은 주차장을 향해 간다. 다들 차로 온 거다.

"호텔까지 가는 길, 알아?"

"아마도."

이츠카짱은 가로등 밑에서 지도를 확인한다.

"걱정 없어. 쇼어 로드나 메인 스트리트를 따라 곧장 북쪽으로 가면 다운타운이 나오니까."

다운타운에는 어제도 그제도 저녁을 먹으러 갔다. 거기서부터 호텔까지 가는 길은 레이나도 안다.

공원을 빠져나오는데 벤자민이 서 있었다. 복장은 아까와 똑같았지만 머리는 뒤로 빗질해 넘기고 왁스를 발라 번들번들거렸다. 그 옆에 백인 남자아이도 하나 있었다.

"이쪽은 내 친구 대니."

벤자민이 말했다. 두 사람의 발치에 담배꽁초가 잔뜩 떨어져 있는 것으로 보아 꽤 오랫동안 기다렸음을 짐작할 수 있었다.

"이제 저녁 먹으러 갈 거지? 이 시간에도 열려 있는 가게로 데려가 줄 테니까 타. 그러고 나서 호텔까지 딱 바래다줄게."

가만 보니, 차가 아니라 오토바이 두 대가 갓길에 나란히 세워져 있었다.

오토바이는 생전 처음 타 보는 거라서 뒤에 올라타자 신이 났다. 앞에 탄 벤자민을 붙잡았다.

"좀 더 꽉 잡아."

붙잡은 손에 힘을 주어 보았지만 또다시 좀 더 꽉 잡으라는 말을 듣고 만다.

"그게 아니라 이렇게."

지시받은 모양새는 붙잡는다기보다 끌어안는다는 말이 딱 어울리고, 오토바이는 아직 출발도 하지 않았는데 레이나는 이래서야 팔이 남아날 것 같지 않겠구나 싶었다. 벤자민의 상체는 불룩한 점퍼 너머로도 뼈가 앙상하니 가늘고, 남성용 화장품 냄새가 나는 것으로 보아 자신들이 뮤지컬을 보고 있는 동안 샤워를 하고 왔음을 짐작할 수 있었다.

돌아보니 이츠카짱도 뒤에서 또 한 대의 오토바이에 올라앉아 있다. 레이나 시야에 들어오는 건 팔—백인 남자를 끌어안듯이 앉아 있어서—과 다리뿐이었지만.

남자아이들의 오토바이를 타고 가는 것에 이츠카짱은 난색을 표했다. 하지만 밤중에 1마일이 넘는 낯선 길을 걷기보다는 오토바이가 덜 무섭고, 둘보다 넷이 안심되니 레이나는 타고 가자고 했다. 이런 시간에 밥을 먹을 수 있는 가게를 둘이서 찾기는 어렵다는 사정도 한몫했다. 기다려 주었는데 같이 가지 않으면 미안하다는 마음도.

"됐어? 간다."

벤자민의 부름에 레이나는 됐다고 대답한다. 엔진 소리가 시끄러워서 자기 귀로도 잘 들리지 않는 대답이었는데, 그 순간 오토바이가 발진하고 레이나는 하마터면 몸이 뒤로 넘어갈 뻔했다. 무작정 벤자민에게 매달린다.

진동도 무섭고 스피드도 무서워서 레이나는 한동안 찍소리도 내지 못했다. 하지만 출발하자마자 곧바로 대니에게 추월당한 것은 알았다(곁을 지날 때 대니가 괴성을 질렀기 때문이다. 인디언 놀이를 하는 어린아이 같은 목소리였다).

"힘을 빼."

벤자민의 목소리는 그의 등을 타고 들렸다. 그때까지 레이나는 자신이 뺨과 귀를 그 등에 눌러 붙이고 있다는 사실을 깨닫지 못했다. 조심조심 떼어 본다.

"힘을 빼."

다시 한번 소리치기에 팔의 힘을 살짝 풀었다. 그러자 밤바람이 뒤로 흘러가는 것이 느껴졌다.

"쾌적하지?"

풍경도, 밤공기 냄새도 점점 뒤로 흘러간다.

"쾌적해!"

레이나는 소리쳐 대답했다. 진짜 쾌적했다.

가게에 도착할 때까지 대니는 연신 괴성을 질러 댔다. 새된 소리로 "이—하—"라느니 "이—후—"라느니 외쳐댔는데 솔직히 말해 바보 같아서 이츠카는 오히려 안심했다. 하지만 그것과 폭주로 인한 공포는 물론 별개였다. 주차장에 도착해 오토바이에서 내렸을 때 이츠카는 다리가 후들거렸다. 커다란 2인승 안장의 뒷부분이 여전히 두 다리 사이에 끼워져 있는 듯한 느낌이었다.

"재밌었어?"

그 물음에 뭐, 그냥, 하고 애매하게 대답했다. 이츠카는 오토바이에 대해 잘 모르지만 상당히 크고 게다가 구식이었다. 레이나를 기다리고 싶었지만, 곧 뒤따라올 거라고 대니가 말했고, 주차장에 대니와 둘이 우두커니 서서 기다리기도 거북했기에 먼저 가게로 들어섰다.

노인들만 사나 싶은 인상을 받은 해변의 조용한 도시에 이런 가게가 있었다니 놀라웠다. 넓고, 뭔가 가루 같은 냄새가 나는 스모그가 피어오르고, 바닥이 울릴 만큼 음악이 쾅쾅 울려 퍼진다. 카운터에 늘어선 생맥주 탭, 사방 벽에서 핑크색, 노란색, 녹색 네온이 빛을 발하고, 이츠카가 보기엔 우주선 같은 연출 효과를 내고 있었다.

"이쪽으로."

허물없이 어깨를 끌어안겼지만 이 장소에서는 그런 짓을 당해도 어쩔 수 없을 것 같은 기분이 들었다. 이츠카의 지갑에는 친구의 여권 사본이 한 장 들어 있다. 다 같이 디스코텍으로 몰려갈 때 스물한 살 이상이라고 속이기 위한 것으로, 한국인 유학생의 여권인데 사진과 실물이 다르다고 지적받은 적은 지금껏 한 번도 없다. 그것을 사용하면 주류를 사는 것도 가능하기는 했지만 대니는 맥주를, 이츠카는 탄산수를 주문했다.

카운터 앞에 선 채 탄산수를 홀짝이고 있자 벤자민과 레이나가 들어오는 모습이 보였다. 이츠카는 스스로 생각해도 이상하다 싶을 정도로 안도했다. 레이나의 얼굴, 레이나의 옷, 레이나의 크기.

"오토바이, 재밌었지?"

한껏 들뜬 표정으로 말한다. 그러더니 놀란 얼굴이 되었다. 이츠카는 자신이 여전히 대니에게 어깨를 끌어안긴 상태라는 것을 깨달았다.

"왜 그렇게 딱 붙어 있어?"

그 물음에도 딱히 대답할 길이 없었다. 그만하라고 말할 타이밍을 왜인지 놓쳐 버린 거다.

"저쪽에 앉아서 마시자."

맥주와 콜라를 사 온 벤자민이 그렇게 말하고 테이블로 이동한다. 대니가 어깨에 얹은 팔을 치우지 않기에 이츠카는 어쩔 수 없이 대니와 나란히 앉고, 테이블을 사이에 둔 맞은편에 벤자민과 레이나가 앉았다. 레이나는 의아하다는 듯이 바라보고 있다. 이츠카 본인은 더 의아한 기분이었다. 어깨에 얹힌 팔이 무겁다. 너무 밀착되어 있어서 대니가 맥주를 마실 때마다 병을 입에서 뗄 때 나는 습한 소리가 귓가에 들리는 것도 기분 나빴다. 그런데도 왜 치워 달라고 말하지 못하는지 알 수 없었다.

"그래서, 뮤지컬은 어땠어?"

벤자민이 묻고,

"살인 사건 이야기였는데 나는 도중에 잠이 들어 버렸어."

라고 레이나가 대답한다.

"너는? 너도 도중에 자 버렸어?"

대니의 질문은 단순했는데 이츠카는 제대로 대답하지 못했다.

뭐가 어찌 됐든 팔부터 치워 줬으면 좋겠다. 오로지 그 생각뿐이었다. 대화는 이츠카 바깥쪽에서 진행되고, 단편들만 귀에 들어왔다. 배드민턴을 치고…… 바다에서 놀기에는 좀 때늦은 감이…… 주말까지 있으면 더 재미난 곳에 데려갈게…… 대니도 페인트공이죠?…… 초등학교 때부터 친구로…….

"이츠카짱은?"

레이나의 목소리가 자신을 향하기에,

"뭐가?"

하고 이츠카는 되물었다. 대니의 팔이 그제야 떨어진다.

"한잔 더 마실 거냐고."

레이나가 빈 유리잔을 가리키며 묻는다.

"됐어."

이츠카는 대답하고, 대답했을 때에는 자리에서 일어나 있었다.

"벌써 늦었는데, 그만 돌아가야지."

"하지만, 이제 막 왔잖아."

벤자민이 말하고,

"농담이지?"

하고 대니도 말했지만, 이츠카는 결단코 돌아가고 싶었다. 이곳은 음악이 너무 시끄럽다. 화장실 방향제가 떠오르는 스모그 냄새도 마뜩잖다. 새처럼 목에 핏대를 세우고 떠드는 남자아이들도.

"알았어. 그럼 그만 가자."

레이나도 그렇게 말하며 일어섰다.

"좀 봐주라!"

대니가 갑자기 얼빠진 소리를 높였다.

가게는 극장보다 더 호텔에서 먼 곳에 있었던 듯 돌아가는 데 시간이 한참 걸렸지만 그래도 호텔까지 무사히 도착했다. 주행 중 대니는 더 이상 괴성을 지르지 않았고, 이츠카도 스피드에 익숙해졌는지 커브를 돌 때 외에는 무섭지도 않아서 가죽점퍼를 입은 대니(가죽점퍼 안에는 알로하 셔츠였다)의 등을 꽉 붙든 채 하늘—마침 반달에 가까운 달이 떠 있었다—을 바라볼 수도 있었다. 하늘도 달도 어쩐지 현실과 동떨어져 있었다. 오토바이를 탄 채 옮겨지고 있는 자신도.

물론 호텔이 집은 아니지만, 돌아왔을 때 이츠카에게는 호텔이 집처럼 그리운 장소로 보였다. 오늘 아침 자고 일어난 침대가 있고, 두 사람분의 짐이 기다리고 있는 장소.

"고마워."

오토바이에서 내려 인사했지만 대니는 대답하지 않았다. 그대로 말없이 오토바이를 몰고 가 버렸다. 언짢은 듯, 폭음과 함께. 그래도 이츠카는 상관없었다. 화를 낼 테면 내라지. 방으로 들어와 레이나를 기다렸다.

10분이 지나고, 20분이 지났다. 30분이 지날 즈음이 되자 이츠카는 걱정이 되어 미칠 지경이었다. 의미 없는 행동임을 알면서도 로비로 내려가 바깥에서 기다려 보다가, 진정하자며 방으로 되돌아오기를 반복했다. 경솔하다 못해 멍청한 자기 자신이 너무 한심하게 느껴졌다. 벤자민은(대니도 그랬지만) 맥주를 마셨다. 레이나는(이츠카도 그랬지만) 헬멧도 없이 오토바이 뒤에 올라탔다.

자신이 돌아오고 50분이 지났을 때 이츠카는 이건 '긴급 사태'의 일종이라고 판단, 여행을 시작한 이래 처음으로 휴대 전화의 전원을 켰다. 레이나에게 전화를 걸었지만 신호음조차 울리지 않고 레이나의 휴대 전화는 전원이 꺼진 상태 그대로였다.

쾌적한 오토바이를 타고 가는 내내 레이나는 남자아이들에게 미안한 마음이 들었다. 오늘 밤 이츠카짱은 확실히 이상했고, 돌아가자는 말을 꺼내는 방식도 너무 갑작스러웠다. 대니는 잘 모르겠지만 적어도 벤자민은 아무것도 잘못한 게 없다.

개 짖는 소리가 나고, 오토바이는 사설 도로로 들어가 멈춰 섰다. 푸스, 푸스, 푸스, 하고 엔진이 연기를 토해 낸다.

"우리 집이야."

벤자민이 싱긋 웃으며 말했다. 하얀 페인트가 칠해진 깔끔한 집으로 2층 창 하나에만 불이 밝혀져 있다.

"이쪽."

그렇게 말하며 벤자민이 걸음을 옮기기 시작했다. 그런데 집이 아니라 같은 부지 내에 있는 헛간 같은 작은 건물을 향했다. 차양에 달린 전등 불빛에 비추인 그 건물은 무섭도록 노후화되어 있었다.

"잠깐만."

쫓아가면서 목소리를 낮춘 까닭은 벤자민도 아까부터 목소리를 낮추고 있기 때문이었고, 개도 짖기를 멈춘 지금, 끊임없이 울어 대는 벌레 소리를 제외하면 주변은 쥐죽은 듯 고요했다.

"어디 가는데? 난 호텔로 돌아가야 해. 이츠카짱이 걱정한단 말이야."

가까이에서 보니 멀찌감치에서 볼 때보다 훨씬 낡은 오두막이었다. 아주 오래전에 칠해진 듯싶은 하늘색 페인트는 거의 다 벗겨지고 부분적으로만 남아 있다. 벤자민은 페인트공이면서 이 모습이 아무렇지 않은 걸까. 레이나는 그런 쓸데없는 생각을 하고 말았다.

"그녀도 다른 오두막에 가 있을 테니까 괜찮아."

벤자민이 말한다.

"다른 오두막?"

달이 떠 있다. 딱 반달만한 달이다.

"대니 형네 오두막. 우리 아버지도, 그 녀석 형도 다 어부거든."

오두막 문에는 크고 튼튼해 보이는 자물쇠(다만 녹이 슬대로 슨)가 달려 있었는데 그건 그저 매달려 있기만 했던 건지 문은 밀자 바로 열렸다. 오두막 안은 어두웠고 햇볕에 데워진 나무와 해초 냄새가 났다. 게다가 오래된 걸레 같은 냄새도.

"하지만, 왜 오두막에 온 거야?"

묻는 동시에 벤자민의 얼굴이 눈앞으로 불쑥 다가오고, 피할 새도 없이 키스를 당했다. 입술과 입술이 부딪히자마자 얼굴을 돌렸기에 그 짧은 키스의 절반은 레이나의 뺨이 받아들이는 모양새가 되었지만, 놀랍게도 벤자민은 한쪽 손을 레이나의 등 뒤로 가져가더니 다른 한 손으로 레이나의 가슴을 어루만지기 시작했다.

"이러지 마."

레이나는 재빨리 뒤로 물러서듯이 몸을 뗐다.

"부끄러운 줄 알아요Shame on you!"

화났을 때의 미시즈 슈나이더와 똑같은 투로 말했는데, 레이나는 자신의 입에서 그런 말이 튀어나왔다는 것이 뜻밖이었다. 부끄러운 줄 알아요, 라니. 미시즈 슈나이더는 레이나의 담임 선생으로 화가 나면 입가가 정말로 부르르 떨린다.

쉬잇, 하고 벤자민은 손가락을 입술 앞에 세웠다. 그러더니 오두막에 딱 하나 달려 있는 알전구와 구석에 놓인 전기스탠드를 모두 켠다.

"미안."

사과하고 나서,

"좀 앉아 봐."

하면서 전기스탠드 옆에 놓인 너덜너덜한 카우치를 가리켰다. 엉덩받이 천이 몇 군데 찢어지고 황토색 솜이 삐져나와 있다. 레이나가 망설이자 벤자민은 양손을 위로 들어 올려 아무 짓도 하지 않겠다는 뜻을 드러내 보였다.

"여기, 뭐야?"

앉으면서 물었다.

"어부의 오두막이야. 헛간으로도 좀 쓰이지만."

물건들 천지였다. 벽가에 금속 망으로 만든 네모난 장치가 잔뜩 쌓여 있고, 고리 모양으로 묶어 놓은 철사가 몇 종류씩 매달려 있는가 하면 노란 레인코트도 걸려 있고, 시렁에는 공구함이며 갖가지 페인트 통, 시너 통, 솔이 든 빈 깡통에 절대 사용하고 싶지 않은 느낌의 머그컵이 늘어서 있고, 바닥에는 접어서 묶어 놓은 어망이 네다섯 개씩 놓여 있는 데다 단단히 말아 놓은 로프 다발도 네다섯 개씩 나뒹군다. 수박만큼이나 큰 오렌지색 부이는 구석에 작은 산을 이루듯 쌓여 있고, 골판지 상자며 커다란 고양이 사료 포대, 양동이, 장화, 호스 외에도 레이나로서는 뭐가 뭔지 알 수 없는 것들이 어수선하게, 하지만 아마도 모두 제대로 쓰이고 있는 모양새로 놓여 있었다.

"이건 뭐야?"

발치에 놓여 있는 기계를 가리키며 묻자, 모르는 단어가 돌아왔다. 그물이나 선체 바닥을 씻는 도구란다.

"이 모터로 바닷물을 퍼 올려 호스 끝에 달린 건으로 분사하는 거야. 물줄기가 엄청 세기 때문에 상당히 위험하지."

벤자민은 그렇게 설명하고 나서,

"이런 거, 처음이야?"

하고 레이나의 얼굴을 들여다보며 묻는다.

"그러니까……."

말끝을 흐리며 다시 키스하려 한다. 이번에는 손으로 막아 낼 수 있었다.

"하지 말랬지?"

레이나가 일어서서 양손을 허리춤에 갖다 댄다. 화가 났다는 것을 명확하게 표시하고 싶었던 거다. 그러면서 사촌 언니를 생각했다. 이츠카짱도 지금쯤 '다른 오두막'에서 비슷한 꼴을 당하고 있는 걸까.

"겁먹을 필요 없어."

벤자민이 말한다.

"네가 몰라서 그러는 것 같은데, 이런 건 흔하고 자연스러운 일이거든."

어쩐지 한심해 보이는 미소를 띠고,

"남자와 여자가 처음 만나, 좋은 느낌이 들면 그렇게 하는 거야. 키스라든지 여러 가지를."

라고 설명을 덧붙인다. 물론 레이나도 알고 있었다. 반 친구 중에는 남자 친구가 있는 아이도 있고, '키스라든지 여러 가지를' 했다느니 안 했다느니 소문이 돈다. TV 드라마 '베터 댄 더 파이'에서는 늘 누군가가 누군가와 잠을 잤다. 하지만—.

"하지만, 이건 달라."

레이나의 그 말에 벤자민은 양쪽 눈썹을 치켜올려 보인다.

"어떻게 다른데?"

생각에 빠지고 만다. 어떻게 다를까. 벤자민은 레이나가 미처 답을 찾기 전에 거듭 묻는다.

"내가 싫어?"

"싫은 건 아니지만, 좋아하지도 않아."

레이나는 그렇게 대답하고 암담한 기분이 들었다. 누군가에게 '당신을 좋아하진 않는다'고 딱 잘라 말하는 건 싫은 일이다. 벤자민은 슬픈 표정을 지었다.

"호텔까지 걸어서 갈까?"

레이나가 물었다. 그리고 비스듬히 메고 있던 천 가방에서 물티슈를 꺼내 손을 닦았다. 아까 벤자민을 밀어 냈을 때 묻었는지 헤어 왁스 냄새가 났기 때문이다.

"바래다줄게."

벤자민은 그렇게 말하고, 일어나서 담배를 입에 물고 불을 붙인 후 오두막 안의 불을 껐다.

벌레가 울고 있었다. 자갈을 밟는 두 사람분의 발소리가 난다. 달빛을 받아 오토바이가 빛나고 있었다. 레이나는 오토바이에 올라탄 후 벤자민을 꽉 붙들었다. 시동이 걸리자 다시 개가 짖었지만 그 소리는 금세 멀어지고 들리지 않게 되었다.

이츠카짱은 방에 있었다.

"다행이다—."

다녀왔다는 말에 앞서 그 말이 튀어나온 까닭은 아직 안 왔을지 모른다고 생각하던 차에 돌아와 있었다는 사실이 기뻐서였다.

"몇 시쯤 왔어?"

침대 맡에 있는 시계를 보면서 물었다. 오전 2시 4분, 한밤중 하고도 한밤중이다. 이츠카짱은 대답이 없다.

"어디 갔었어."

낮고 딱딱한 목소리로 묻는다.

"어?"

그제야 비로소 레이나는 사촌 언니가 화나 있다는 것을 깨달았다. 엄청, 엄청 화가 나 있다.

"잠깐만. 이츠카짱은 오두막에 데려가지 않았어? 아까 그 가게에서 혹시 곧장 돌아온 거야?"

레이나는 설명했다. 벤자민네 집의 오두막에 갔던 것, 이츠카짱도 '다른 오두막'에 가 있다고 들었던 것, 벤자민이 들이댔지만 확실하게 거절했던 것, 벤자민은 마음이 상한 눈치였지만 결국 여기까지 바래다주었다는 것—. 분개에 찬 말과 질문에 여러 번 중단되면서 간신히 설명을 다 마쳤을 때에는 오전 3시가 되어 있었다.

이츠카짱은 분노를 삭이는 듯한 신음을 내지르며 침대에 털썩 쓰러지더니,

"벤자민 쓰레기."

하고 내뱉듯이 말했다.

"역시 오토바이를 타지 말았어야 해. 쓰레기. 쓰레기. 진짜 쓰레기."

말투가 점점 격해진다. 그 말을 들으면서 레이나는 벤자민의 슬퍼 보이는 얼굴을 떠올리고, 그렇게까지 형편없는 사람은 아니었어, 라고 말하고 싶은 기분이 어째선지 들었다.

할로윈 데이 코스튬으로 유즈루는 루피가 되고 싶다면서, 이거야, 하고 소년 만화를 보여 주었다. 하지만 리오나로서는 어떻게 해야 아들을 그런 풍으로 보이게 해 줄 수 있을지 알 수 없었다. 우선 밀짚모자를 씌우고(하지만 10월도 막바지를 향해 가는 지금, 어디에 가야 밀짚모자를 살 수 있을는지), 페이스 페인팅으로 얼

굴에 상처를 그려 주고, 복장은 어떻게 하면 좋을까. 아들이 말하길 '기본적으로 맨살에 조끼, 반바지에 조리, 허리에 노란색 스카프를 두를 때도 있다'는데 이 계절에 그런 차림으로 바깥을 돌아다니게 놔둘 순 없다. 겨울 장면이 나오길 기대하며 리오나는 만화책을 팔락팔락 넘긴다. 설마 겨울에도 이 차림일 리는 없을 터.

그때 전화벨이 울렸다. 레이나일지도 모른다는 지나친 기대를 하지 않으려 마음을 다잡고 수화기를 들었다. 반사적으로 그렇게 하는 것이 이미 버릇이 되었다. 레이나일지도 모른다가 아니라, 레이나가 아닐지도 모른다고 생각하는 것이.

"엄마?"

딸의 목소리가 들렸을 때 리오나는 안도하는 동시에 공포를 느꼈다. 전화선이라는 미덥지 않은 것 너머에 존재하는 레이나, 붙잡을 수도 껴안을 수도 없는 것은 물론이고 볼 수조차 없는 상태로 만약 이 전화가 끊어져 버린다면?

"레이나."

침착해야 한다고 생각하면서 목소리를 냈다.

"지금 어디니?"

물었지만, 어디에 있느냐는 문제가 되지 않았다.

"얼른 돌아오렴. 대체 어쩔 작정인 거니?"

나무랄 생각은 아니었는데 정신을 차려 보니 그렇게 말하고 있었다. 목소리가 떨린다.

어디 있는지는 말할 수 없어. 레이나는 밝은 목소리로 그렇게 말했다. 하지만 방금 아침을 먹은 참이고, 식당에 공중전화가 있어서—.

그것은 리오나가 익히 잘 알고 있는 목소리였다. 구김살 없는, 정직하고 천진난만한—.

"여기는 오늘 날씨가 엄청 좋은데, 뉴욕도 좋아?"

"이츠카 바꿔 주렴."

단 한순간이라도 레이나를 수화기에서 떨어뜨려 놓고 싶진 않았지만, 그럴 필요가 있다 싶었기에 리오나는 말했다.

"이츠카도 있지? 거기."

레이나는 아무 말도 하지 않는다.

"여보세요?"

전화가 끊어졌나 싶어 거의 육체적인 통증이 느껴질 정도였지만, 회선은 아직 이어져 있었다.

"미안해. 하지만 그건 안 돼."

레이나가 말한다.

"여보세요? 뭐가 안 된다는 거니? 레이나?"

"만약 이츠카짱을 바꿔 주면, 엄마는 이츠카짱한테 화낼 거잖아? 그건 안 돼."

리오나는 허를 찔린다.

"괜찮으니까 바꿔 주렴. 화내지 않을 테니까."

즉시 말했지만 자신은 없었다.

"이제 끊어야 해."

밝은 목소리로 돌아온 레이나가 말한다.

"또 전화할게. 아빠랑 유즈루한테 안부……."

"안 돼."

리오나가 그 말을 가로막았다.

"……전해 줘. 키스키스키스, 허그허그허그, 라고 전해 줘. 물론 엄마한테도이지만."

"잠깐, 레이나, 끊지 마."

제발 부탁이니까, 라고 말을 이었을 땐 이미 전화는 끊어져 있었다.

주차장에 늘어선 차량의 보닛이 햇살을 반사하며 빛나고 있다. 그 모습을 이츠카는 간이식당의 유리 너머로 멍하니 바라본다. 달걀 프라이와 베이컨과 해시 포테이토라는 푸짐한 아침밥을 이제 막 몸에 집어넣은 참이다. 요크에 온 지 사흘째, 오늘은 키터리로 다시 이동할 예정이다. 거기까지 가면 뉴햄프셔주는 코앞이고, 지도상으로 보는 한 메인주보다 훨씬 작은 그 주를, 어떠한 이동수단을 이용할진 알 수 없지만 어떻게든 한 바퀴 돌면, 레이나가 좋아하는 소설의 무대를 방문하기로 한 여행의 첫 번째 목적은 달성할 수 있다. 그다음은 서부로 향할 생각이었다. 어딘가 큰 도시에서 암트랙이나 그레이하운드를 타고서.

안젤라 사건—오토바이와 남자애들, 바Bar와 오두막에 얽힌 일련의 사건을 레이나와 이츠카는 그렇게 부르고 있다. 요 사흘간 어느 지점에선가 그렇게 되었다—이래, 여행은 순조롭다. 난생처음 해 본 히치하이크도 성공했고(태워 준 사람은 20대 커플이었다), 이 도시에서는 또다시 해안가 호텔에 방을 잡을 수 있었다(따라서 물론 비치 볼도, 배드민턴도 프리스비도 할 수 있었다).

"더 하시겠어요?"

곁에 온 웨이트리스가 묻기에,

"노 쌩큐."

하고 대답한다. 이런 유의 가게에서 한도 없이 커피를 따라 주는 데에 이츠카는 아직껏 익숙해지지 않았다.

전화 통화를 하고 돌아온 레이나가 자리에 앉는다.

"리오나짱, 있었어?"

부모가 그렇게 부르기에 이츠카는 고모를 옛날부터 그렇게 불러왔다.

"있었어."

레이나는 대답하고, 컵 바닥에 남아 있던 밀크 커피를 마저 마셔 버린다.

"화냈어?"

집에 전화하라고 말한 건 이츠카였다. 오건큇의 호텔에서 휴대 전화 전원을 켜 보니 고모한테서 온 전화와 문자 메시지가 도합 12건이나 들어 있었기 때문이다.

"아마도."

레이나는 대답하고 어깨를 움츠린다.

"하지만 그건 이미 예상했던 거고, 시작한 일은 끝을 내야지."

그렇게 덧붙이며 싱긋 웃었다.

"다행이다."

진심으로 그렇게 말하며 이츠카도 웃음으로 답한다. 만약 레이나가 돌아가고 싶다고 한다면 자기 혼자서 여행을 계속하려고 마음먹고 있었다. 뉴욕행 버스나 열차에 레이나만 태워 보내고,

고모한테 연락해서 마중 나오게 하려는 생각까지 해 두었다. 하지만—. 혼자보다는 둘이 단연코 좋다. 맨 처음 여행 계획을 세웠을 때에는 단지 혼자보다 덜 허전하고 속속들이 아는 사이라서 서로 편할 거라 생각했을 뿐이다. 하지만 지금은 둘이 함께하지 않으면 의미가 없다는 기분이 든다. 모든 것을, 이츠카는 레이나와 둘이서 보고 싶었다.

"이 도시를 떠나는 건 아쉽네."

천 가방 속을 이리 뒤적 저리 뒤적 하면서 레이나가 말했다.

"어제 갔던 유원지, 엄청 재밌었는데."

마치 먼 추억을 그리는 듯한 말투로. 작고 예스러운 유원지였지만 이 계절에도 아직 영업을 하고, 솜사탕이며 사격 게임 부스도 있었다. 날도 흐리고 사람도 드물어 한산한 그곳에서 이츠카와 레이나는 두 시간가량 놀았다.

"또 오면 되지."

그렇게 말은 했지만, 그건 아니라는 걸 이츠카는 알고 있었다. 언젠가, 또 오는 건 가능할 것이다. 가능하겠지만, 그때는 모든 게 완전히 달라져 있을 것이다. 어제의 유원지는 어제에만 존재하며, 그것은 이미 지나가 버렸다.

그럼에도 이츠카는,

"또 오는 거야?"

라고 묻는 레이나에게,

"물론."

이라고 대답한다. 한참 후에도 어제가 다시 올 거라 여기고 있는 양 주저 없이,

"물론이지. 또 오자."

라고.

천 가방에서 꺼낸 립크림을 바르고 있던 레이나는 금세 웃는 얼굴이 된다.

"그럼 출발해도 돼."

짐짓 거드름 피우듯 그렇게 말하고, 천 가방에 립크림을 던져 넣었다.

두 손으로 사인보드를 들고 레이나는 고속도로 입구에 서 있다. 벌리고 선 두 다리에 힘을 주고, 길 가장자리이기는 하지만 최대한 우뚝 서서. 오건큇에서는 첫 번째 차가 바로 세워 주었는데 여기서는 벌써 두 대가 그냥 지나가 버렸다.

WE WANT TO GO TO KITTERY

마이클이 손수 만들어 준 보드에는 행선지를 적어 넣은 종이

를 방금 바꿔 붙인 참이다.

"너무 가까운 곳이라서 그런가."

95호선을 타고 보스턴 방면으로 가는 차들은 예외 없이 키터리를 통과할 텐데 왜 세워 주지 않는지 알 수 없었다.

"교대할까?"

이츠카짱이 물었지만 레이나는 고개를 저었다. 하늘이 파랗다. 멀리 보이는 물이 바다가 아니라 강이라는 사실은 여기까지 태워다 준 커플이 가르쳐 주었다. 95호선이 이곳 요크를 경계로 유료 도로인 턴 파이크에서 무료인 인터스테이트 하이웨이로 바뀐다는 것도.

"온다."

이츠카짱 말에 레이나는 내리고 있던 팔을 번쩍 들어 올린다. 납작한 하늘색 차가 속도를 늦추며 눈앞에서 멈춰 섰다.

"됐다."

이츠카짱이 중얼거린다.

운전자는 선글라스를 낀 여자였는데 조수석 쪽 창을 내리더니,

"타, 타, 빨리빨리."

하고, 아무것도 묻지 않은 채 재촉했다. Come on come on, hurry up, hurry up. 손으로 자기 쪽으로 바람을 보내는 듯한, 조

급한 동작을 곁들여 가며.

레이나가 조수석에, 이츠카짱과 노란 비닐 쇼핑백(바다에서 써먹을 놀이 도구가 들어 있다)이 뒷좌석에 들어오자, 바글바글한 파마머리를 머리띠로 고정하고 선글라스를 낀 그 마른 백인 여성은 곧바로 차를 출발시켰다.

"조앤이야."

레이나를 거의 보지도 않고 말한다.

"고맙습니다, 태워 주셔서."

레이나는 그렇게 말하고 안전띠를 맸지만, 조앤은 매고 있지 않았다.

"저는 레이나고, 저 사람은 이츠카. 저희는 사촌 간이에요."

대부분의 사람들은 그 말을 들으면 무언가—'오, 사촌이야?'라거나 '어쩐지 닮았다 싶더니'라거나, '우와' 같은—말을 해 주는데 조앤은 무반응이었다. 청취자와 전화 연결을 하는 듯한 라디오 방송이 흘러나오고, 조앤은 핸들에 매달리듯이 운전하면서 앞을 향한 채 중얼거렸다.

"키터리라고."

잠깐, 잠깐만요, 옥수수를 아홉 개나요? 여덟 살짜리 남자애가? 라디오 안에서 남자가 말하고 있었다. 네에, 하고 긍정하는 여성의 목소리는 음침했고 지쳐 있는 듯 들렸다. 아이 아버지는 상관없다고 해요. 잘 먹는 건 좋은 일이라면서. 요전에도 핫도그를 열두 개—.

"좋지 않아."

조앤이 말한다.

"그런 거, 그 아이 몸에 좋지 않아."

Yeah(그렇죠) 하고 레이나는 수긍했지만 조앤의 귀에는 닿지 않는 것 같았다. 뒤에서 이츠카짱이 지도를 펼치는 소리가 난다. 아마도 표지판을 확인하고 있을 것이다.

"당신은 어디까지 가세요?"

레이나는 물어보았다. 캐스에게서 히치하이크를 하면 '적절한 대화'를 하는 것이 예의라고 배웠기 때문이고, 태워 주었을 때의 모습으로 보아 이 사람은 좋은 사람이 틀림없다는 느낌이 들어서이기도 했다. 선글라스 너머로 레이나를 힐끔 본 조앤의 대답은,

"그건 당신과는 상관없지."

였다. Yeah(그렇네요), 하고 도리 없이 레이나는 다시 수긍한다. 아뇨, 아들은 체구가 작고 말랐습니다, 아이 아버지는 꽤 크지만요, 하고 라디오 속 여성이 말했다.

조앤은 아무것도 묻지 않았다. 레이나와 이츠카짱의 나이도 국적도, 키터리에서 무엇을 할 예정인지도.

"키터리야."

출구 바로 앞에서 차를 멈추고 그렇게 말했다.

"고맙습니다, 태워 주셔서."

레이나는 다시 한번 감사의 뜻을 전하고 차에서 내렸다. 앞뒤 문이 모두 닫히기 무섭게 조앤은 차를 발진시켰다.

"우선 호텔을 찾아서 짐부터 놔두자."

이츠카짱이 말하고 걷기 시작한다. 태양이 눈부시다. 사촌 언니의 뒤를 따라 걸으며 레이나는 조앤의 말투를 흉내냈다.

"Come on come on, hurry up, hurry up."

입 밖으로 소리 내어 보자 기운이 솟고 발도 빨라지는 기분이 들었다. 그래서 계속 복창한다.

"Come on come on come on, hurry up hurry up hurry up."

다시 새로운 거리다. 어떤 풍경이고, 어떤 먹거리가 있고, 어떤 사람이 살고 있을까.

"이츠카짱, 레이나, 또 두근거리기 시작했어."

레이나는 그렇게 말하고, 코를 벌름거리며 새로운 거리의 냄새를 맡았다.

접대 겸 회식이 있어서 일본주를 조금 과하게 마셨다. 먼저 자라고 얘기해 두었는데 리오나는 아직 깨어 있는 모양이다. 거실은 어둡지만 부엌에서는 빛이 새어 나오고, 지독하게 단 냄새가 풍겨 우루우는 속이 보대낄 지경이다. 이런 시간에 아내는 빵인지 케이크인지를 굽고 있다는 말인가.

"다녀왔어."

부엌을 들여다보며 말하자, 식탁 의자에 앉은 리오나가 읽고 있던 잡지에서 고개를 들었다.

"어서 와요."

우루우의 얼굴을 살피듯 보더니 묻는다.

"커피나 물, 마실래?"

"아니, 됐어. 뭘 굽고 있는 거야?"

오븐 쪽으로 시선을 주며 묻자 리오나는 쿠키라고 대답했다.

"초콜릿 든 거랑, 시나몬 든 거. 할로윈 용으로, 잔뜩 구웠어. 근처 아이들이랑 유즈루네 학교 아이들도 오니까."

"굳이 이런 밤중에 굽지 않아도 될 텐데."

다디단 냄새 때문에 두통이 날 지경이다, 라는 말은 애써 삼켰다. 아내에게 사과해야 할 일이 있다는 것을 알고 있었기 때문이다.

"한잔 마실까, 물."

우루우는 그렇게 말하며 아내 맞은편에 앉는다.

"낮에는 미안했어. 조금, 말이 과했어."

리오나는 우루우를 지그시 바라보기만 했다. 일어나서, 냉장고를 열고 물을 꺼낸다.

"내일은 쇼핑하러 나가야 하고, 모레는 교회 사람들이 오니까."

리오나는 유리잔에 물을 따르면서 말하고, 우루우는 대화의 끈을 놓쳐 버린다. 낮에 한 전화 통화 이야기가 아니었단 말인가. 레이나에게서 전화가 걸려 왔다는 보고를 받고, 그럼에도 아무것도 하지 못했다는 이야기를 들었을 때 우루우는 그만 울컥한 나머지 해서는 안 될 말을 내뱉었다. 왜 그리 쓸모가 없어? 본심이었지만, 말로 해서는 안 되었다.

"그래서 오늘 밤에 구워 두는 수밖에 없었어."

유리잔이 눈앞에 놓인다. 무슨 이야기인지 알 수가 없었다.

당장 돌아오라고 명령 한마디 못했을 뿐만 아니라(그래서는 부모로서 실격이라고 우루우는 생각하지만) 어디에 있는지, 언제 돌아올 생각인지조차 따져 묻지 못했다고 하니, 부모이기 이전에 어른으로서 쓸모가 없다.

기억을 떠올리니 가라앉았던 화가 다시 끓어올랐다. 적어도 아버지 휴대 전화에 전화하라는 정도의 임기응변은 할 수 있지 않은가. 아빠한테 전화하렴. 그렇게 말하면 레이나는 전화했을 텐데.

그건 그렇다 쳐도 할로윈? 쿠키? 쇼핑? 우루우로서는 아내가 어떻게 그리 태연자약할 수 있는지 모를 일이었다. 조카딸이 딸을 데리고 집을 나가 버렸는데—. 레이나 일뿐만이 아니다. 리오나에게는 옛날부터 무슨 생각을 하고 있는지 알 수 없는 구석이 있었다. 아이들에게도, 남편인 자신에게조차 흉중을 터놓지 않는 구석이. 미국에 온 후로 그런 경향이 심해졌다고 우루우는 생각한다. 신자도 아닌데 교회에 다니기 시작했을 무렵부터.

아내는 오븐의 상태를 확인하고 다시 의자에 앉더니, 잡지를 손에 든다.

잘도 그런 게 눈에 들어오는군.

그렇게 말하지 않으려고, 이미 한계를 보이고 있는 자제심을 그러모았다.

"레이나, 잘 지내는 것 같았어."

잡지에서 고개를 들지 않고 리오나는 말했다.

"당신한테 키스 키스 키스, 허그 허그 허그, 라고 전해 달래."

"그건 낮에 들었어."

"응, 말했어. 하지만 그때 당신은 화가 머리끝까지 나 있었으니까, 지금 들으면 조금 다르게 받아들여 줄지도 모른다고 생각했어."

우루우는 어깨를 으쓱해 보였다. 어떤 식으로 받아들이길 기대하고 있는지 알 수가 없었다.

"이제 잘게. 잘 자."

그래서 그렇게 말하고 일어서는데, 있잖아, 하고 불러 세웠다.

"그 애들 돌아오면, 당신 이츠카 혼낼 거야?"

"둘 다 혼내야지. 당연한 말을."

우루우는 대답하고 부엌을 나왔다.

거리 상황을 파악하기 위한 산책, 아침을 푸짐하게 먹었으니 점심은 거르고, 또다시 해변에서의 비치 볼과 프리스비. 프랑스 국기와 같은 삼색 비닐로 된 비치 볼은 낮은 공을 리시브로 보내고 높은 공을 완만한 어택으로 되받아치는 방법으로 102회까지 랠리가 이어졌다. 마침내 어느 한쪽이 공을 놓쳐 버리고 말았을 때의 낙담과 안도가 한꺼번에 밀어닥치는 기분—.

"미안—."

사과하면서, 굴러가는 공을 뒤쫓아 가 줍는 레이나를, 이츠카는 그 자리에 선 채 바라본다. 주운 공을 팡팡 두드리면서 레이나가 돌아오는 모습도—. 모래를 떨어내기 위해서라기보다 그렇게 함으로써 팽팽하고 탄력 있는 공의 감촉을 즐기고 있는 것이다.

"그럼 다음은 120회 목표다."

레이나의 목소리가 통통 튄다.

이제 곧 11월인데 바다에는 아직 서퍼들이 드문드문 있다. 파도는 전혀 높지 않지만, 다들 가만가만 조용히 바다 위에 흩어져 그 낮은 파도를 탔다 못 탔다 하고 있다.

공과 횟수에 집중하는 와중에도 풍경은 시야 끄트머리에 계속해서 비친다. 파도, 하늘, 서퍼들, 모래사장, 저 높이 보이는 가드레일, 그 너머의 길, 노상 주차된 차량—.

비치 볼의 묘미는 소리다. 아무리 쳐도 손이 아프지 않으니 안심하고 좋은 소리를 낼 수 있다. 47, 48, 49, 50…….

60회를 넘겼을 즈음 이츠카는 긴장하기 시작한다. 목표가 120회라고는 해도 우선 100회까지 가느냐 마느냐가 중요 포인트임에는 변함이 없고, 그렇다면 100 직전에 실수할 바엔 차라리 지금 실수하는 편이 나을 것 같은 이상한 기분이 싹트기 때문이다.

말도 안 돼. 스스로 그 기분을 부정하고, 72, 73, 74, 하면서 이츠카는 자기 쪽으로 오는 공을 받아친다. 이미 풍경을 볼 여유는 없고, 위만 보고 있어서 고개가 아프다. 75, 76, 77……. 긴장을 이기지 못해 혹은 긴장하고 있는 자신이 우스워서, 치밀어 오르는 웃음을 애써 삼키는데 레이나의 웃음소리가 들리고, 웃으면서 힘을 실어 때린 듯한 공이 이츠카의 어깨에 맞고 떨어졌다.

"웃으면 어떡해."

자신도 웃음을 터뜨리면서 이츠카는 그렇게 말하고, 스텝이 엉키는 와중에 간신히 공을 주워 든다.

"왜 그럴까. 왜 두근두근하면 웃음이 날까."

레이나는 여전히 웃으면서 고개를 갸우뚱한다.

"슬슬 체크인 하러 갈까?"

손목시계—2시 반이 되어 가고 있다—를 보고 이츠카는 말했다. 그리고 자신의 눈을 의심한다. 짐을 놓아두었을 장소를 보아도, 그곳에 아무것도 없었기 때문이다.

"좋아. 그럼 체크인 하자."

"레이나, 큰일 났어, 짐이 없어."

목소리는 나오는데 사고는 멈춰 있었다. 어떻게 그런 일이 있을 수 있지? 옷가지가 대부분인 배낭 두 개, 후줄근한 천 가방, 배드민턴 라켓 자루가 삐져나온 노란 비닐 쇼핑백, 검정 쓰레기봉투에 든 수제 히치하이크용 사인보드—. 그것들이 한꺼번에 사라져 버린다는 일이?

"말도 안 돼."

레이나의 목소리도 굳어 있었다. 그러나 몇 초 후에 누그러지면서,

"이츠카짱, 저쪽."

하고 말한다.

대체 왜? 하는 생각이 들 만큼 한참 떨어진 곳에 짐이 보였다. 그리운 군청색과 자주색 물건이. 바로 옆에서 비치 볼을 하고 놀았다고 생각했는데 어느새 꽤 이동하고 말았던 모양이다.

"깜짝 놀랐네!"

레이나가 말하고, 같은 말을 이츠카도 반복한다. 짐이 있는 곳으로 돌아가 비치 볼의 바람을 빼고 배낭을 멨다.

외관만 보면 일반 회사가 입주해 있을 법한 건물로, 화단도 하나 없고 도어맨도 없다.

"정말 여기로 할 거야?"

이츠카짱이 물었다.

"할 거야."

레이나가 대답한다. 맨 처음 눈에 들어온 호텔에 묵자고 제안한 사람은 레이나였고, 이 건물 벽에는 'HOTEL'이라고 쓰인 간판이 분명히 붙어 있으니까. 유리문을 밀어 열어 보니, 안은 상당히 어두어둑했다. 바깥은 밝고 화창한데.

"안녕하세요."

왼쪽 벽을 따라 작은 카운터가 있고, 그 안에 아저씨가 서 있기에 레이나는 말했다. 검은 머리에 갈색 피부, 인도계 이목구비. 아저씨는 아무 말도 하지 않는다.

"빈방, 있습니까?"

이츠카짱이 앞으로 나서며 묻자, 있다고도 없다고도 대답하지 않고 그저,

"패스포트."

하고 말했다. 흑백 바둑판무늬 바닥, 가정용으로도 조금 작아 보이는, 개성 없는 응접세트. 살풍경한 로비는 호텔이라기보다 병원을 연상시켰다. 혹은 레이나가 미국에 와서 처음 다녔던 일본인 학교의 현관을. 보기에는 카페도 레스토랑도 따로 없는데 왜인지 차가운 파스타 비슷한 냄새가 났다.

"재퍼니즈? 도쿄?"

아저씨가 이츠카짱에게 묻고 있다.

"방은 3층, 엘리베이터는 안쪽, 조식은 2층 식당에서, 7시부터 9시까지."

적어도 냄새의 출처는 알았다.

방은 비좁고 무미건조했다. 폭 좁은 침대가 둘, 정면에 거울 달린 책상이 하나, 열리지 않는 작은 창문이 둘, 욕조는 없고 샤워기뿐.

"뭐, 하룻밤이니까 괜찮은가."

이츠카짱이 말한다.

"괜찮아."

레이나도 대답하고, 다운재킷을 벗어 옷장에 건다. TV를 켜니 홈쇼핑에서 조리 도구를 광고하는 중이었다. 차례대로 욕실을 사용하고, 손이며 얼굴도 깨끗이 씻고 나자 레이나는 침대에 걸터앉아 리세스 초콜릿을 딱 한 입 베어 물었다. 남은 건 봉지에 도로 넣고, 입구를 헤어클립으로 막아 둔다.

"조금 쉬었다가 쇼핑하러 가자."

이츠카짱이 말했다.

"국도 1호선을 따라 아웃렛이 여럿 있는 것 같으니까."

이츠카짱(의 가이드북)에 따르면, 키터리는 '아웃렛이 밀집해 있는 것으로 유명'하고, '약 120개에 달하는 브랜드숍이 20~60퍼센트 세일을 상시 개최하고 있다'는 모양이다.

"슈퍼마켓에도 들를 수 있어?"

레이나가 묻자 이츠카짱은,

"물론."

하고 대답했다.

그래서 다시 바깥으로 나온 것이다. 해는 아직 높이 떠 있고, 짐이 없으니 홀가분해서 레이나는 어쩐지 힘이 솟았다. 뭐든지 할 수 있어! 라는 듯한.

키터리는 조용한 거리다. 지금까지 지나온 그 어느 곳보다도 조용하고, 그 어느 곳보다도 심심하다. 작고 예스러운 건물이 늘어서 있고 콘크리트로 포장된 길. 관광객인 듯싶은 사람들 모습은 없고(그래서 레이나는 자기들 두 사람이 무척 두드러지는 느낌이 들었다), 길을 걷는 이들은 모두 이곳에서 생활하고 있는 사람들로 보인다. 겨우 슈퍼마켓을 발견한 후에도, 짐이 무거워지니까 돌아가는 길에 들르기로 하고 다시 계속 걸었다.

이따금 저 멀리 강이 보인다. 강은 파랗고, 바다처럼 잔물결이 일고, 그 삼각형 하나하나가 햇빛을 받아 반짝였다. 하지만,

"예쁘다."

하고 말했을 때에는 이미 건물에 가려 보이지 않게 된다. 처음엔 일일이 되돌아가서 (건물들 사이로) 바라보곤 했지만, 얼마 안 가 싫증이 나서 그만두고 말았다. 단조로운 거리를 벌써 한 시간 가까이 걷고 있다. 쇠락한 자동차 수리 공장, 모텔, 주유소. 풍경은 점점 적막해져 간다.

"좀처럼 안 나오네."

불안한 마음에 레이나는 저도 모르게 그 말이 입 밖으로 나왔다.

"지나가는 사람한테 물어볼까?"

제안했지만, 걷고 있는 사람의 모습조차 어느샌가 보이지 않는다. 도리 없이 다시 걸었다. 자동차만 이따금 나타나서는 두 사람을 앞질러 간다. 히치하이크용 사인보드를 호텔에 두고 온 것이 아쉬웠다. 그게 있다면 지나는 차를 멈춰 세울 수 있었을지도 모르는데.

자신도 모르게 레이나는 고개를 숙인 채 걷고 있었던 모양이다. 옆에서 이츠카짱이 숨을 크게 멈추는 소리가 났다.

"레이나, 봐봐."

그것은 강이었다. 보였다 가려졌다 하던 그 강이 별안간 눈앞 가득히 펼쳐져 있었다.

"대박!"

끝도 없이 펼쳐진 파란 물은 분량이 너무 많아서, 레이나에게는 강이 아니라 바다로밖에 느껴지지 않았다. 해변 도시의 강이니까 바다에 물들어 버렸다고밖에—.

자신들이 걷고 있는 폭넓은 도로가 그대로 다리가 되어 앞쪽으로 뻗어 있다.

"건널래?"

질문이 날아왔지만 대답을 할 필요는 없었다. 건너지 않을 이유가 없다! 이츠카짱도 같은 기분임을 알았고, 좀 전까지 걷느라 지쳤던 다리도 언제 그랬냐는 듯 가벼워져 있었다.

바람이 차다. 도저히 진짜라고는 생각할 수 없는 광경이었다. 다리는 길고, 발밑은 눈이 미치는 한 온통 물이고, 저녁 하늘에는 새가 날고 있었다.

"이런 데가 있다니."

레이나는 도중에 멈춰 서서 심호흡을 했다. 자기 자신이 한없이 작게 느껴졌지만, 그마저도 기분 좋았다.

"아름답다. 그렇지?"

갓길에 차를 세워 두고 경치를 바라보고 서 있던 모양인 할아버지가 말했다.

"네!"

이츠카짱과 한목소리로 대답한다. 할아버지는 만족스러운지 눈을 가늘게 뜨며 웃었다.

"저어, 이 강이 피스카타쿠아강인가요?"

이츠카짱이 묻고, 할아버지가 긍정했다. 그러자 이츠카짱은 입을 삐죽 내밀었다.

"왜 그러니."

할아버지가 묻는다. 아무것도 아닙니다, 라고 대답한 이츠카짱의 얼굴은, 하지만 분명히 뭔가 있어 보였다.

"미안, 레이나, 반대였어."

라고 말한다.

"국도 1호선을, 우리, 아웃렛이랑 반대 방향으로 걸어왔어."

라고.

"어?!"

레이나도 엉겁결에 큰 소리를 냈지만, 길을 잘못 든 충격보다 지금 물 위에 서 있다는 신기함과 재미가 더 커서 아웃렛은 이제 아무래도 상관없을 듯한 기분이 들었다. 하늘은 연한 핑크빛이다.

"다리를 건너면 뉴햄프셔주야."

이츠카짱이 말했다. 이 다리가, 주를 나누는 경계선이었다.

"대박!"

레이나가 흥분한다.

"우리, 걸어서 주를 넘어가 버리는 거네."

이츠카짱은 동의하지 않았다.

"더 이상 가면, 되돌아가기 힘들어."

확실히 그랬다. 어차피 내일이 되면 또 이 다리를 (이번에는 끝까지) 건너 뉴햄프셔주로 들어갈 테니, 지금은 되돌아가는 게 낫지 싶다. 레이나는 풍경으로 눈을 돌렸다. 차가운 공기를 들이마신다.

바이바이, 뉴햄프셔. 내일 또 올게.

마음속으로 말하고, 이츠카짱에게는 소리 내어 말했다.

"그럼 돌아가자."

긴 산책이 돼 버렸네.

매사추세츠 번호판을 단 차에 오른 할아버지와 헤어져, 왔던 길을 되돌아가면서 이츠카는 생각했다.

"진짜, 미안."

정반대로 걸어와 버린 것에 대해 다시 한번 레이나에게 사과

한다. 지도 담당자로서 면목이 없었다.

"아무 상관 없어."

레이나가 대답한다.

"예쁜 경치도 봤고."

이후 레이나의 제안으로 끝말잇기 놀이를 하면서 키터리 중심부까지 오로지 걸어서 돌아왔다.

슈퍼마켓에 다다랐을 즈음에는 다리가 꽤 아파서 이츠카는 한시라도 빨리 호텔로 돌아가 신을 벗고 침대에 드러눕고 싶은 심정이었다. 하지만 레이나는 과자 진열대를 훑어보는 데에 놀랄 만큼 많은 시간을 들였다. 종류만 해도 몇십 가지가 넘는 쿠키와 초콜릿 포장을 눈여겨보고, 궁금하다 싶은 것은 집어 들어 사진을 비교하거나 원재료며 맛에 대한 설명을 읽고, 하지만 다시 조심스레 진열대에 내려놓는다. 그 모습이 진지 그 자체라서 이츠카는 감탄하고 만다. 바다에서 놀 도구를 고를 때도 그랬다. 노는 건 중요해—.

하지만 지금 이츠카가 이해하기 어려운 것은 레이나가 과자를 골라도 살 생각이 없어 보인다는 점이었다.

"이거랑 이거, 어떤 게 맛있을 거 같아?"

그렇게 묻기에,

"이거."

하고 이츠카가 한쪽을 가리켜도,

"역시 그렇지?"

하고서 그 상품을 다시 진열대에 내려놓아 버리니까.

"그걸로 사면 되잖아."

재촉해도,

"다음번에."

하고 대답한다. 다음번에—.

그러면서 진열대 앞에서 움직이려 하질 않는 것이다. 레이나를 거기 남겨 두고 이츠카는 슈퍼마켓 안쪽으로 들어간다. 물과 콜라, 물티슈(다 썼다고 레이나가 말했으니까), 그리고 자그마한 배를 두 개 골라 바구니에 넣었다. 주방 잡화 코너에 봉투 입구를 막는 용도로 쓰는 클립이 있어서 그것도 넣는다. 레이나가 임시 방편으로 헤어클립을 사용하는 걸 보았기에.

계산을 마치고 바깥으로 나오니, 완전히 어두워져 있었다.

"왜 갑자기 밤이야?"

레이나가 말한다.

"춥네. 게다가 어쩐지 서먹서먹한 냄새가 나."

라고.

"서먹서먹한 냄새?"

되묻자, 레이나는 다시 모자를 깊이 눌러쓰고서,

"겨울 냄새?"

하고 말끝을 올리며 대답했다.

"낯선 거리의, 겨울 냄새가 나."

아까까지는 꺼져 있었는지, 켜져 있어도 알아차리지 못했던 가로등 불빛이 지금은 휘황하게 밝다. 이츠카는 빨리 돌아가 뜨거운 물에 몸을 담그고 싶었지만, 오늘 잡은 호텔에는 샤워기밖에 없다는 사실이 생각났다.

의논한 결과, 저녁은 호텔의 '2층 식당'에 가서 먹기로 한다. 틀림없이 파스타가 있을 거라고, 어째선지 레이나가 확신을 가지고 주장했던 것이다.

눈을 떠 보니 비가 내리고 있었다. 방 안은 어둑어둑하고, 공기를 흔들며 부슬부슬 내리는 빗소리가 닫힌 창문 너머로도 들려와 '아, 오늘은 비구나.' 하고 침대 안에서 레이나는 분명히 그런 생각을 했다. 그런데 이내 다시 잠이 들어 버린 모양이다.

"레이나, 일어나. 벌써 아홉 시야."

사촌 언니가 그렇게 흔들어 깨웠을 때에는 바깥은 화창하게 개어 있었고, 방 안도 밝고 한가로운 느낌이었다.

"어라? 아까 비 오지 않았어?"

물었지만,

"몰라. 아까라니 언제?"

하고 이츠카짱이 되물었다.

"그보다 커피 가져왔어. 빵도."

레이나는 갑자기 눈이 말똥말똥해진다. 이불을 박차고 일어났다.

"에? 아침 먹으러 혼자 간 거야? 너무해."

이츠카짱은 어이없어하는 표정을 짓는다.

"깨워도 깨워도 안 일어난 사람이 누군데. 혼자 다녀오라고 네가 말했잖아."

전혀 기억나질 않았다. 파자마 대신 입은 티셔츠 위에 목욕 가운을 걸치고서 레이나는 도리 없이 커피를 마시고 퍼석퍼석한 빵에 버터와 잼을 발라 먹었다. 어젯밤에 먹었던 파스타도 그랬지만, 이 호텔의 요리는 그다지 맛이 없다.

"상자, 프런트에 있는 아저씨한테서 받아 왔어."

이츠카짱 말에 가만 보니, 옆 침대 위에 골판지 상자와 박스 테이프가 놓여 있었다.

"다행이다."

레이나는 대답한다. 짐이 늘었기에 이제 쓰지 않는 지도며 가이드북(이츠카짱이 사들이기 때문에 한두 권이 아니다!), 바다에서 사용한 놀이 도구며 보스턴에서 산 롱 패딩을 UPS로 집에 부치기로 했다. 발송인 주소 때문에라도 이 호텔 이름이 탄로 나겠지만, 짐이 도착할 즈음에는 이미 멀리 가 있을 테니 개의치 않기로 했다.

차례대로 샤워를 하고, 짐을 챙겨 체크아웃하고, 오늘은 정말로 뉴햄프셔주에 간다.

평소에는 집 근처 교회에 다니고 있어서 여기에 오는 건 오래간만이었다. 새하얀 페인트를 칠한, 주변이 마른 잔디로 둘러싸인 작은 목조 건물을 리오나는 바라본다. 근처 사람들(및 학교 관계자들)이 그저 '처치church'라고만 부르는 이 건물은 종교적인 장소라기보다는 일종의 공공시설, 특히 아이들을 위한 장소로써 기능하고 있었다. 지금은 어떤지 모르겠지만, 적어도 3년 전까지 2층은 탁아소였고 3층에는 화이트보드가 놓인 작은 교실이 둘 있었는데 당시 초등학생이었던 레이나는 일주일에 세 번 그곳에서 영어 보충 수업을 받았다. 1층 현관 부분 벽에서 시작되어 계단 양쪽 벽에도, 2층 3층 복도 벽에도 아이들이 그린 그림이며 하나님에게 보내는 편지, 바자회 및 기타 교회에서 주최하는 행사 안내문들, 그 밖에 기타를 팔겠다느니 스페인어를 가르쳐 주겠다니 하는 따위의 개인 광고가 다닥다닥 붙어 있었고, 딸의 수업이 끝나기를 기다리는 동안 리오나는 열심히 그것들을 읽곤 했다. 에어컨이 없어서 여름에는 창이고 문이고 죄다 활짝 열어젖혀 놓았는데 바람이 통해서 기분 좋았다.

언제 첫눈이 내려도 이상하지 않을, 가을도 끝자락에 접어든 지금, 문은 꼭 닫혀 있다. 하지만 리오나의 기억에 있는 그대로, 잠겨 있지는 않았다. 밀어 열자 나무문은 끼이 하는 소리를 내며 열렸다. 안으로 들어서니 어둑어둑하고, 마른 나무와 종이와 인스턴트커피, 그리고 크레용이 섞인, 예전과 똑같은 냄새가 났다. 감회가 새롭다기보다, 리오나는 과거로 잘못 들어온 듯한 기분이 든다. 2층이 소란스러운 것도, 벽면 가득 종이들이 붙어 있는 모습도 예전 그대로다. 현관에 옛날부터 놓여 있는 테이블에는 골판지 상자가 두 개 얹혀 있고, 파티용품—Happy Birthday라고, 알파벳이 서로 연결된 모양으로 오려진 벽 장식이며 반짝반짝한 소재의 테이블보, 종이컵, 종이 접시, 동물 모양 가면, 왕관 따위—이 마구잡이로 쑤셔 넣어져 있다.

레이나는 2년, 유즈루는 1년을 이곳에 다녔다. 레이나의 2년째와 유즈루의 1년이 겹쳤고, 수업을 마치고 교실에서 나올 때 둘은 항상 손을 잡고 있었다. 레이나가 지금 '여행'을 떠난 것과 상관없이 그 어린아이들은 이제 어디에도 없다는 사실을 깨닫고 리오나는 문득 멈칫한다.

"헬로."

계단을 내려온 젊은 여자아이가 말했다.

"뭐 도와드릴까요?"

아마도 자원봉사 나온 학생일 터, 긴 금발을 포니테일 스타일로 묶고 대학 로고가 들어간 바람막이 점퍼를 입고 있다. 리오나도 인사를 건네고, 옛날에 아이들이 이곳에 다녔는데 그때 생각이 나서 잠시 들렀다고 설명했다. 여자아이는 환하게 미소 지으며,

"천천히 둘러보세요."

하고 나갔다. 삐걱이는 나무문이 자기 뒤에서 쾅 하고 닫히도록 내버려 두고.

리오나는 같은 1층의, 한 단 낮게 만들어진 메인 홀에 발을 딛는다. 간소한 벤치 하나에 걸터앉아 정면의 십자가를 바라본다. 수난상도 부활상도 붙어 있지 않은 단순한 라틴 십자가다. 머리

를 숙이고 짧은 기도를 읊조렸다. 하지만 그것은 정형화된 문구일 뿐, 그 이상으로 개인적인 일—예를 들면 레이나와 이츠카를 지켜주십시오, 같은—을 기원한 건 아니었다. 리오나가 내맡기고 싶은 것은 자기 자신이지, 딸들의 안부를 신에게 맡기고 싶지는 않았다.

맨체스터 호텔에 체크인하자, 레이나는 욕조를 쓰고 싶다고 말했다. 빨래도 하고 싶고, 어젯밤엔 샤워만 했으니까 그렇다며. 그래서 이츠카는 레이나를 방에 남겨 두고 산책을 다녀오기로 했다. 뉴햄프셔주 맨체스터. 이제까지 거쳐 온 거리들도 그러했지만, 여기 또한 미지의 거리다. 다만, 친절한 '해리스 씨'가 차로 중심부를 한 바퀴 돌아 준 덕분에 대강의 느낌—수수하고, 건물들은 전부 오래돼 보이고, 해변 도시는 아니다—은 파악하고 있다. 해리스 씨에 따르면 "뉴햄프셔다운 풍경을 즐기고 싶다면, 좀 더 북쪽으로 가지 않으면 안 돼."는 듯하다. 자연이 풍부한 호수 지방이며, 단풍 명소인 캔카마구스 고속도로, 게다가 "천국인가 싶을 정도로 공기도 경치도 멋진" 화이트 마운틴. 이츠카가 그 말을 전부 알아들을 수 있었던 건, 일본어였기 때문이다.

전날 경험한 덕에 걷는 것도 가능하다는 건 알고 있었지만, 점심때가 다 되어 갈 무렵 키터리에서 이츠카와 레이나는 예정대로 히치하이크를 했다. 꽤 많이 돌려보냈다고는 해도 짐이 있었고, 다리를 건너면 바로 나오는 항구 도시 포츠머스보다 될 수 있는 한 더 멀리 가고 싶었기 때문이다. 사인보드를 든 모습이 완전히 몸에 밴 레이나는 세 대 째 만에 차를 세웠다. 태워 준 사람은 조수석에 아들을 태우고 가던 어머니로, 일본인이었다. 해리스예요, 라며 성씨로(그리고 일본어로) 자기소개를 한 그 여성은 미국인과 결혼하여 맨체스터에 살고 있다고 했다. 짧은 머리에 체구가 작은 사람으로, "이런 곳에서 일본인 여자애 둘이 히치하이크하고 있는" 것이 "믿어지지 않는다."고 몇 번씩 말했다.

레이나 이외의 누군가와 일본어로 대화하는 게 오랜만이라서 이츠카는 여행 중이라는 감각에 다소 혼란이 왔다. 해리스 씨의 일본어가 너무나도 일본적이어서, 대답하는 이츠카의 사고도 일본에서 지내던 때로 금세 돌아가는 바람에 자신이 지금 어디에 있는지 알면서도 모를 지경이었다. 혼혈인 아들이 먹고 있던 과자가 작은 봉지에 든 갓파에비센(우리의 새우깡과 비슷한 일본의 국민 과자_옮긴이)이었던 탓도 있을지 모른다. 아무튼 그 차 안은 일본 같았다고 이츠카는 생각한다. 호텔이며 가게며 레스토랑이며 전부 이 부근에 몰려 있다고 해리스 씨가 가르쳐 주었던, 엘름

스트리트를 목적도 없이 걸으면서.

되게 멋있는 건물이다 싶었더니 시청 청사였다. 벽돌 건물로 시계탑을 갖추고 있다. 아마도 이건 길잡이가 될 테지. 여기까지 오면 호텔이 가깝다는 뜻의—.

어느새 하늘에는 구름이 낮게 드리워져 있다. 그러고 보니 오늘 아침에 비가 왔다고 레이나가 말했었지(꿈이었을지도, 라고도 했지만). 공기는 차갑고, 풍경이 적막해 보였다. 뉴욕 같은 도회지는 물론 아니지만, 여기는 그냥 도시라고 이츠카는 생각했다. 그 증거로, 다들 잰걸음으로 걷고 있다. 은행, 오피스 빌딩, 패스트푸드 체인점. 큰 교차로에서 신호를 기다리면서, 지금까지 거쳐온 해변 지역들의 인상이 급속하게 멀어져 가는 것을 이츠카는 느꼈다.

처음에 그것은 두드러지는 색채로써 눈에만 들어왔다. 요란하다, 라는 표현이 좀 그렇다면, 엄청 싼 티 나는 핑크, 그리고 은색. 눈에 들어온 것과 기억이 마침내 이어졌을 때 이츠카는 그저 믿어지지가 않을 뿐이었다. 순수한 기쁨이라는 것이 만약 있다면, 솟구쳐 오른 그 기쁨에 자신이 관통당했노라고 이츠카는 (나중에) 생각한다. 그렇지 않고서는 설명이 되지 않기 때문이다. 자신이 패스트푸드점 안으로 들어가, 눈곱만큼의 망설임도 없이 곧장 창가 테이블로 가서, 그 남자 앞에 섰던 일이.

모처럼 빨래했는데 비가 내리기 시작했다. 오전 중에는 그토록 맑았는데. 느긋하게 욕조 목욕을 즐기고 온몸에 좋은 냄새가 밴 레이나는 커도 너무 큰 목욕 가운에 감싸여 창밖을 본다. 하지만 빨래한 건 속옷과 양말뿐이고, 라디에이터 위에 나란히 널어 놓았으니 어쨌든 마르겠지.

목이 말라 냉장고에서 콜라를 꺼내 마신다. 마실 것은 좀 기다렸다가 슈퍼에서 사 먹는 게 싸다고 이츠카짱한테 잔소리 들을지 모르지만.

창밖은 칙칙한 거리다. 맞은편 건물의 2층 창에 할로윈 장식이 붙어 있다. 얼마 전까지 해마다 할로윈 때면 분장을 했다. 그리고 유즈루와 둘이서, 혹은 학교 여자애들과 어울려 근처 집들을 돌아다녔다. 팅커벨처럼 꾸민 적도 있고, 아리스토캣의 귀와 꼬리를 단 적도 있다. 재미있었고, 받아 온 과자들 중에 리세스 초콜릿이 들어 있으면 기분이 '빙고'가 되기도 했지만, 중학교에 들어가고 나서부터는 그만두었다. 너무 어린애 같아서. 콜라에 젖은 자신의 입김이 닿아 유리창이 뿌예진다. 이츠카짱은 좀처럼 돌아오지 않는다.

통통하니 두툼한 컵에 든 커피를 두 잔째 앞에 두고 이츠카는 '이건 잠시 비가 그치길 기다리는 거야, 라고 생각하기로 한다. 사실 비가 내리고 있고, 우산이 없는 이츠카는 지금 바깥에 나가면 물에 빠진 생쥐 꼴이 되고 말 테니까.

크리스—라는 이름은 아까 알았다—는 짜고 있던 무언가를 대충 봉투에 집어넣고, 재미있다는 듯 이츠카를 보고 있다.

"그럼, 단둘이 여행을 하고 있는 거네."

맞아, 하고 고개를 끄덕이고 나서 커피를 한 모금 넘긴다. 어쩐지 달게 먹고 싶어져서, 첫 번째 잔에는 넣지 않았던 설탕과 밀크를 넣었다.

"학교는 재미없었어?"

"재미가 없었다고 해야 하나, 보통이었어."

이츠카가 대답하자 크리스는 우습다는 듯한 표정을 지으며 말한다.

"보통이면, 안 되었던 거지."

"맞아."

이츠카는 수긍한다.

가게에 뛰어들었을 때 이츠카는 아무런 생각이 없었다. 우연히 아는 사람을 만난 것 같은 놀라움과 기쁨에 내몰려, 정신을 차려 보니 남자의 눈앞에 서 있었다. 사실 아는 사이라고는 할 수 없는데도 불구하고.

"하이Hi."

남자는 뜨개질감에서 고개를 들고 무표정하게 말했다. 이츠카를 기억하고 있는 게 아니라, '무슨 용건이라도?'라는 정도의 의미가 담긴 하이Hi임을 알았다.

"나, 기차에서 당신 봤어. 당신이 우리 짐을 봐 줬어."

이츠카가 그 말을 하자, 짧은 순간 공백이 생겼지만,

"기억해."

라는 대답이 있고, 바로 뒤이어,

"어떻게 지내? 재미있어?"

라는 질문이 돌아왔다. 친근한 말투와 달리 남자는 여전히 무표정했고, 그 점이 이츠카는 마음에 들었다. 이른바 접대용 미소 비슷한 것이 일절 없다는 점이. "여기 앉아도 괜찮아?" 하고 물었을 때 "물론이지." 혹은 "어서 앉아." 같은 말이 아니라, 그저 "괜찮아."라고 대답한 점도.

"그래서, 보통이 아닌 건 찾았고?"

크리스가 묻는다. 큰 남자다. 패스트푸드점의 작은 좌석이 갑갑해 보인다.

"글쎄. 딱히 보통이 아닌 걸 찾고 있지는 않으니까."

이츠카는 대답하며 어깨를 으쓱해 보였다. 잘 알지 못하는 상대와 이런 식으로 기 싸움 없이 이야기를 나눌 수 있다는 사실이 신기했다. 신기했지만 묘하게 자연스럽기도 했다. 게다가 이츠카는 크리스의 영어가 귀에 잘 들어왔다. 귀에 쏙쏙 들어오다 못해 마치 일본어로 대화하고 있는 듯한 착각에 빠질 정도였다.

크리스는 '바로 저기' 있는 아파트에 살고, 여름에는 트레킹 가이드, 겨울에는 스키 강사로 일하고 있지만 지금은 '추계 휴가 중'이라고 했다. 보스턴에 '어머니 같은 사람'(이라는 게 무슨 뜻인지는 알 수 없었지만)이 살고 있어서 매주 주말에 만나러 가고, 이츠카와 레이나는 마침 보스턴에서 돌아오는 기차에 타고 있던 그를 본 거였다. 차로 오가는 게 더 편리하지만 크리스는 항상 기차를 탄다. 왜냐면, 기차 안에서는 이동 중에 뜨개질을 할 수 있기 때문이며 뜨개질은 '취미라기보다는 신경 안정제 같은 것'이란다.

"그 정도로 신경이 불안정해?"

물었더니, 이번엔 크리스가 어깨를 으쓱해 보였다.

"난 그다지 사교적인 인간이 아니라서."

라고, 질문에서 미묘하게 빗겨 나간 대답이 돌아온다. 비는 아직 개지 않았지만 거의 잦아들고 있었다. 이 이상 늦어지면 레이나가 걱정할 테고, 두 잔째 커피도 거의 다 마셔 버렸다.

"슬슬 돌아가 봐야 해."

이츠카 말에 크리스는,

"오케이."

하고 대답했다.

"이야기 나눌 수 있어서 즐거웠어."

라며 무척 담담한 어조로.

"나도."

이츠카는 대답하고 일어섰지만, 문득 헤어지기 힘든 기분이 들었다. 그래서 커피 컵이 놓인 쟁반을 양손에 든 채 이츠카는 난생처음으로 그렇게 했다.

"우리, 또 만날 수 있어?"

라고 물은 것이다. 크리스는 뜻밖이라는 듯한 표정을 짓더니,

"또 만나고 싶어?"

하고, 이츠카가 느끼기엔 지나치게 단도직입적인 방식으로 되묻는다.

"예스."

쟁반 너머로, 이츠카는 확실하게 대답했다.

"암트랙에서 뜨개질하던 남자 기억나?"

머리에도 코트에도 빗방울을 가득 달고서 돌아온 이츠카짱은 들어서자마자 그렇게 물었다. 물어 놓고는 레이나의 대답을 기다리지 않고 말을 잇는다,

"그 사람 만났어, 방금, 시청 앞 버거킹에서."

"누구? 버거킹? 이츠카짱 햄버거 먹고 왔어?"

오늘도 점심은 거른 터라 레이나는 공복이었다. 이제 곧 저녁 먹을 시간이라는 생각에 과자도 안 먹고 참고 있었던 것이다.

"안 먹었어. 비 피하느라 커피만 마셨어."

"다행이다—."

오늘 밤엔 해리스 씨가 "무조건 추천!"이라고 말하면서 레이나 노트에 적어 준 레스토랑 두 곳 중 한 곳에 갈 예정이다. "버펄로 윙이 끝내주게 맛있는" '레드 애로우' 아니면 "세련된 가게이면서 라비올리가 맛있는" '코튼'에.

"그런데 춥네. 몸이 얼었어. 밥 먹으러 가기 전에 나도 목욕할 거니까 잠깐만 기다려."

이츠카짱은 그렇게 말하고 욕실로 들어갔다.

그래서 레이나가 '크리스'에 대해 들은 건 레스토랑에 도착하고 나서였다. 호텔에서 들었을 때에는 너무 갑작스러워서 (더군

다나 버거킹에 정신이 팔려 있어서) 떠올리지 못했지만, 기차 안에 있던 뜨개질남은 레이나도 기억하고 있다. 탄탄한 체격에 반소매 티셔츠를 입었고, 팔에는 작은 타투가 있었다. 뜨개질을 하고 있었다. 그리고 화장실에 다녀오는 동안 짐을 봐 주었다.

"우릴 기억하고 있었어?"

"기억했어."

이츠카짱은 대답하고,

"그렇다기보단, 말했더니 생각해 냈어."

라고 다시 고쳐 말한다.

"흐음."

이츠카짱은 그 사람과 커피를 마시고 이야기를 나눈 모양이다.

"그런데 왜? 왜 말을 걸었어?"

"모르겠어."

이츠카짱은 생각에 잠긴다.

"아는 사람을 만난 것처럼, 반가운 느낌이 들어 버렸어. 이상하지만."

"이상하네."

버펄로 윙은(결국 '레드 애로우'를 선택했다) 해리스 씨가 말했던 대로 '끝내주게' 맛있다. 바삭바삭하게 튀겨진 데다 여러 종류의 향신료가 어우러진 복잡한 풍미가 난다.

"그런데, 왜 더 있겠다는 거야?"

맨체스터에서는 하룻밤만 묵고 내일은 다시 히치하이크로 호수 지방에 간다. 이츠카짱은 그렇게 말했었다. 산책하러 나가기 전까지는—.

"그건 오늘이 토요일이니까. 아까 말했잖아. 크리스는 내일 보스턴에 갔다가 월요일에 돌아와. 그래서, 지금은 추계 휴가 중이니까, 화요일 이후라면 호수 지방이든 화이트 마운틴이든 다 안내해 주겠대."

그 말은 아까도 들었다. 레이나가 묻고 싶었던 건, 왜 그 사람한테 안내를 받기로 했냐는 거였다. 뭐, 누구든 현지인이 안내해 준다면 딱히 거절할 이유도 없지만.

'레드 애로우'는 굉장히 소박한, 외관상으로는 창고나 드라이브인drive-in 가게처럼 보이고, 토요일 밤이어서인지 무척 혼잡하고 북적였다. 버펄로 윙이 명물인 듯, 어느 테이블 할 것 없이 사람들 앞에 푸짐하게 놓여 있었다. 아마도 밤새도록 북적거릴 것이다. 바깥 간판에 24시간 영업이라고 쓰여 있었으니.

"내일은 커리어 미술관에 가 보자."

가이드북을 넘기면서 이츠카짱이 말한다.

"일요일이라서 가게들은 문을 닫을 테고, 좋은 미술관이라고 크리스도 말했으니까. 부지 안에 무슨 하우스인지 하는 건물이 있는데, 거기가 괜찮대."

"알겠어."

"그리고, 월요일엔 쇼핑을 좀 하자."

이츠카짱은 말을 계속했다.

"키터리에서 아웃렛에 갈 타이밍을 놓쳐 버려서, 겨울옷이 좀 더 필요할 거야. 크리스가 그러는데, 호수 지방도 화이트 마운틴도 엄청나게 춥대. 단풍은 이미 끝물이고, 어쩌면 눈이 올지도 모른다던데."

"알겠어."

레이나는 다시 대답했지만, 머릿속으로는 다른 것을 생각하고 있었다. 어빙의 소설을. 『호텔 뉴햄프셔』 속에서 아빠와 엄마는 재회하고, 정말로 만난다. 이츠카짱과 뜨개질남도, 정말로 만난 것일지 모른다. 만약 그렇다면, 그건 '굉장한 일'이다. 오늘 밤 이츠카짱은 평소와 달리 말이 많다. 게다가 뜨개질남 이야기만 하고 있다.

"저기, 있잖아."

레이나는 호기심을 억누를 수 없게 된다.

"그거, 사랑이라든가 뭐 그런 거야?"

손끝도 입 주위도 기름으로 번들번들해 가지고 버펄로 윙을 네 개째인지 다섯 개째인지 먹고 있던 이츠카짱은 놀란 얼굴로 레이나를 보았다.

"그런 거 아니거든."

딱 잘라 말한다.

"그냥 좋은 녀석이야. 나이가 위인 사람한테 좋은 녀석이라고 하는 건 실례일지 모르지만, 좋은 녀석이라는 말이 진짜 딱 들어맞는 느낌이야. 레이나 너도 만나 보면 알 거야."

흐음. 레이나는 대답을 하긴 했지만, 정말로 '그런 거 아니거든'인지는 알 수 없었다. 어쨌든 여긴 뉴햄프셔니까.

식사를 마치고 바깥으로 나오자 순서를 기다리는 손님이 아주 많았다.

"맛있었니?"

뚱뚱한 할아버지가 말을 걸어왔다.

"엄청요."

레이나는 그렇게 대답한다. 비는 이미 그친 뒤였다. 젖어서 윤이 나는 듯한 밤공기가, 튀김 요리로 배부른 몸에 기분 좋게 느껴졌다.

테이블에는 이츠카가 보낸 네 번째 엽서가 놓여 있고, 아내와 함께 홍차를 마시면서 미우라 신타로는 자신이 처음으로 혼자 여행했던 때를 떠올리고 있다. 엽서에는 '돈을 많이 써 버려서 죄송합니다. 언젠가 일해서 갚겠습니다.'라고 쓰여 있었다. 딸한테 돈을 받을 생각은 없었지만, 일해서 갚겠다는 그 마음가짐은 기특해서 좋다고 생각했다. 지금까지 받은 엽서 세 통은 전부 아내가 냉장고 문에 마그네틱으로 붙여 놓았다(풍경 사진이 있는 것은 그 사진이 겉으로 보이게, 일러스트가 인쇄된 것은 편지 글씨가 보이게). 이 네 번째 엽서도 곧 저곳에 합류할 테지.

신타로의 첫 나 홀로 여행의 목적지는 아프리카 대륙이었지만, 될 수 있는 한 우회하여 많은 나라를 보고 싶다는 생각을 했었다. 당시의 저가 항공권—물론 1년짜리 오픈티켓으로—은 남회노선이 보통이었는데 신타로는 싱가포르를 경유하여 유럽으로 들어가, 몇 달에 걸쳐 유럽을 여행하고 나서 배를 타고 북아프리카로 건너갔다. 귀중품은 복대형 지갑에 넣어 허리춤에 차고, 6개국어 회화 사전 포켓판을 손에 들고, 배낭을 짊어지고서. 매점에서 파는 샌드위치와 프레첼, 시장에서 산(소량이라서 때로는 거저 얻기도 했다) 사과며 오렌지, 어느 나라에서든 그런 것들만 먹고 다녔다. 돈이 없어서 호텔에는 거의 묵지 못했고 역이나 공원 벤치,

건물 입구의 지붕 있는 계단 부분, 지하도, 화장실 칸 같은 곳에서 잠을 잤다(물론 신타로는 딸들에게 그런 여행은 시키고 싶지 않다. 그래서 자금을 대 주고 있는 것이다). 새것이었던 배낭이 점차 낡고 더러워지는 데다 자신의 얼굴이 다박나룻으로 덮여 가는 것이 왠지 모르게 자랑스러웠고, 이따금 싼 호텔에 투숙했을 때 그 수염을 말끔히 면도하는 일 또한 기분 좋았다. 스무 살이었다. 대학을 1년 휴학하고 그런 여행을 했다. 그때 경험한 충실감과 해방감은 강렬했으며, 일단 귀국한 후에도 아르바이트를 해서 돈이 모이면 휴가를 이용해 여러 곳을 다녔다. 인도, 중국, 그리스, 쿠바.

"그 아이들, 지금쯤 어디서 뭘 하고 있을까."

홍차를 더 따르면서 아내가 말했다.

"글쎄."

홍차는 신타로가 좋아하는 실론티(립톤의 녹색 통으로 학생 때부터 정해져 있다)로, 여리여리한 홍차 잔이 아니라 큼직한 머그컵으로 마시는 게 신타로 나름의 격식이다.

"친구와 오래 여행하다 보면, 대부분 싸우게 되지 않아?"

"그런가?"

신타로는 알 도리가 없었다. 젊은 시절, 항상 여자 친구와 둘이서 여행을 했던 모양인 아내와 달리 신타로 본인은 늘 혼자서만 여행을 다녔기 때문이다.

"그래."

아내는 미소를 머금은 목소리로 긍정한다.

"그러기 마련이야."

라고.

"그래도, 어제 쇼핑 보면 꽤 사이가 좋아 보이지 않았어?"

신타로는 아내에게 상기시켰다.

"부츠 두 켤레, 장갑 두 켤레, 그리고 뭐였더라, 내의?"

"여섯 개 들이 언더셔츠."

재미있다는 듯 아내가 대답했다. 어제 쇼핑이란, 어제 카드 회사에 문의했을 때 알게 된 쇼핑이라는 의미로, 딸들이 실제로 쇼핑을 한 건 어제가 아니라 그저께다.

"그리고 64달러어치 식사."

아내는 계속 말한다.

"뭘 먹었을까?"

아쉽게도 거기까지는 알 수 없다. 레스토랑인 경우 알 수 있는 건 상호명—분명히 '코튼'이었다—과 합계 금액뿐이다. 하지만 그걸로 충분했다. 네 번째 엽서의 소인은 메인주 포틀랜드이지만, 그 후 두 사람이 뉴햄프셔주 맨체스터로 이동했음을 전화 한

통으로 파악할 수 있으니까.

폭포는 요란한 소리를 내며 3단으로 굽이쳐 떨어지고 있었다. 바위 한쪽에 빽빽이 돋은 이끼는 젖은 채로 햇빛을 받아 녹색이 더욱 두드러진다. 폭포 바로 옆에 난 산책길을, 레이나는 지금 이츠카짱과 크리스와 셋이서 걷고 있는 참이다.

"아름답다—."

멈춰 서서, 난간 너머로 몸을 내밀며 레이나는 감탄의 목소리를 높였다. 평소보다 목소리가 커진 건, 그렇게 하지 않으면 물소리에 지워져 버릴 것 같아서였다. 그런데,

"아름답다?"

하고 되묻는 크리스의 목소리는 평소 크기라고 해야 할까, 오히려 작았다.

"뷰티풀!"

레이나는 영어로 다시 말한다. 정말이지, 현실이라고는 생각할 수 없을 만큼 아름다운 장소다. 반쯤 남아 있는 단풍은 빨갛고 노랗게 타오르는 듯하고, 보이는 것이라곤 (갑자기 등장한 폭포를 제외하면) 나무들과 하늘과 오솔길뿐이고, 공기가 얼마나 맑은지 숨만 쉬어도 온몸이 찬물로 씻겨 내리는 것 같고—. 젖은 나뭇

잎과 흙냄새가 코와 입뿐만 아니라 눈으로도 피부로도 스며드는 느낌이다.

"여긴 아무도 없네."

이츠카짱이 더듬거리는 영어로 말하고,

"이제 겨울이니까."

라고 크리스가 대답했다.

"여름철엔 하이킹하는 사람들이 많이 와."

라고.

"사바데이 펄스Sabbaday falls."

마지막으로 폭포의 이름을 가르쳐 주고 다시 걷기 시작한다. 암트랙에서 만났던 뜨개질남—이츠카짱이 말하는 '좋은 녀석'—인 크리스와 레이나는 어제 재회했다. 장소는 맨체스터의 버거킹으로, 시간은 오전 10시였다. 크리스의 차를 타고 호수 지방에 가서 위니피사우키 호수 근처에서 점심을 먹었는데 보트를 타기엔 너무 추웠다. 그래서 숲속에 조성된 길을 걸으며 쿠거(퓨마)나 사슴을 관찰할 수 있는 시설에 갔다. 크리스는 그 시설을 운영하는 환경 보호 단체의 스태프였다. 그렇다 보니 동물에 대해서도 잘 알고, 룬loon(아비)이라는 새에 대해 이것저것 가르쳐 주기도 했다. 저녁이 되어 레이나와 이츠카짱이 호텔(호숫가에 있고, 로비에 난로가 있었다!)에 체크인하는 것까지 확인하고 나서 크리스는 자기 집으로 돌아갔다. 고속도로를 한 시간 달려서. 그리고 오늘 아침 또 데리러 와 주었으니, 아마도 크리스는 정말로 좋은 녀석일 것이다. 하지만 말이 별로 없어서, 이츠카짱한테 들은 정보 외에 레이나가 새롭게 물어 알아낸 것은 지금 서른두 살이라는 것과 시카고 출신이라는 것 정도였다.

"다음엔 어디 갈 거야?"

왕복 한 시간이 걸리는 산책로 산책을 마치고 주차장으로 돌아오자 레이나는 물었다. 놀랄 만큼 넓은 주차장인데 주차되어 있는 차는 거의 없다.

"커버드 브리지Covered bridge."

크리스가 대답하고,

"그게 뭐야?"

하고 이츠카짱이 묻는다.

"커버드, 브리지. 덮여 있는, 다리야."

크리스는 손으로 무언가를 덮는 시늉을 하면서 같은 말을 천천히 발음했다.

"커버드, 브리지."

그 말을 이츠카짱이 다시 천천히 반복하고,

"예스."

하고 크리스가 미소 지으며 말한다. 이상한 느낌이었다. 덮여진 다리라는 게 무슨 뜻인지 레이나는 모르겠고, 이츠카짱이 진짜 이해했는지도 알 수 없다. 하지만 대화는 이루어지고 있었다. 이츠카짱이 먼저 뒷좌석에 탔기에 레이나는 조수석에 탄다. 크리스의 차는 하늘색이고, 연식이 꽤 오래됐다. 룸미러에 손으로 뜬 작은 인형이 달려 있다.

"이츠카짱, 봐봐!"

먼저 차에서 내린 레이나가 소리치고, 한발 늦게 내린 이츠카도

"와우!"

하고 저도 모르게 목소리를 높였다. 그건 정말로 '덮여 있는 다리'였지만, 이츠카가 상상했던 것 같은 터널 모양은 전혀 아니었다. 우선, 모든 게 나무로 되어 있고 밝다. 아름답게 짜 맞춰진 천장의 들보, 양쪽에 정연하게 늘어선 기둥. 단순히 다리라고 부르기엔 너무나도 우아하고 아름다운 건축물이어서, 이츠카는 중학교 수학여행 때 갔던 교토의, 무슨 무슨 건축양식으로 지어졌다는 장藏인지 당堂인지가 연상됐다. 기둥 사이로 비쳐 드는 햇살이 나무 바닥에 줄무늬를 만들고 있다.

레이나가 영어로 뭔가 외치고, 크리스가 웃었다. 레이나와 크리스는 부녀지간처럼 보인다. 복장이 똑같다. 다운재킷에 청바지, 니트 모자. 커다란 크리스와 자그마한 레이나.

"이츠카짱, 봐봐! 아래는 강이야."

레이나가 말하고, 그건 일본어였는데도 옆에서 크리스가,

"Saco River."

하고 덧붙였다. 이츠카는 레이나와 마주 본다. 어제도 그랬고 오늘도 이런 일이 몇 번씩 있었다. 크리스가 일본어를 이해한 것처럼 느껴지는 일이.

"I don't know."

어떻게? 라고 묻지 않았는데도 분위기를 알아차린 크리스가 앞질러 대답한다.

"그냥 왠지 모르게 알았을 뿐이야."

라고, 소곤거리는 목소리로.

이츠카가 레이나와 다리 위를 걸어 다니는 동안, 크리스는 그저 서서 지켜보고 있었다. 강도를 확인해 보려는 듯이 레이나가 발을 탕탕 구르기도 하고, 비바람을 맞아 퇴색된 나무의 매끈매끈한 감촉을 확인하고 싶어져서 이츠카가 기둥을 쓰다듬기도 하는 모습을—. 한 번은 돌아보다 눈이 마주쳐서 이츠카는 손을

흔들어 보았다. 크리스가 한 손을 들어 응답했다.

"좋은 녀석이네, 뜨개질남."

레이나가 말한다.

"말했잖아, 좋은 녀석이라고."

기둥 사이로 보이는 산 풍경은 웅대하고, 칙칙한 거리였던 맨체스터와 도저히 같은 주라는 생각이 들지 않았다.

"너희는 정말 사이가 좋구나."

차 있는 곳으로 돌아오자 크리스가 말했다. 순간 대답할 타이밍을 놓쳐 버린 건 조용한 미소와 작은 목소리가 쓸쓸해 보였기 때문이며 이츠카는 가슴이 욱신거렸다. 그러다 이내 다시 생각한다. 다 큰 남자를 내가 걱정하다니 우습다고.

"그야, 사촌 간이니까요."

레이나가 밝게 대답하며 뒷좌석 문을 연다.

"안 돼. 레이나는 앞이지."

이츠카는 그렇게 말하며 사촌 동생을 끌어내고 뒷좌석에 앉았다. 뒤에 앉는 게 좋았다. 레이나는 눈썹을 치켜뜨고 괴상한 얼굴을 해 보였지만, 얌전히 문을 닫고 조수석에 앉았다.

"Another one?"

운전석에서 크리스가 묻는다.

"또 하나의, 뭐?"

되물으니 '커버드 브리지'라고 하기에 예스! 하고 힘차게 대답한 이츠카와 레이나의 목소리가 일치하자, 크리스는 만족스레 미소 지었다.

하지만 그 전에 점심부터 먹기로 했다. 오후 1시가 넘은 데다 마침 문을 연 레스토랑이 눈에 들어왔기에. 크리스가 말하길 이 시기에는 문을 닫는 가게도 많다고 한다.

"눈이 쌓이는 시기에는 스키를 즐기려는 손님들이 찾아오니까 다시 열지만, 지금은 여기저기 추계 휴가 중이야, 나와 마찬가지로."

크리스는 말하면서 'OPEN' 팻말이 달린 붉은 나무 문을 밀어 열었다.

벽 여기저기에 걸려 있는 사슴 머리. 파랗고 하얀 체크무늬 테이블보가 덮인 테이블이 늘어선 가게 안은 넓었다. 그런데 사람이 아무도 없네? 라고 생각하는 찰나, 혼자 앉아 신문을 읽고 있던 초로의 웨이트리스가 눈에 들어왔다.

"돼요?"

크리스가 묻자, 웨이트리스는 반쯤 걸쳐 쓴 노안경 너머로 이쪽을 물끄러미 보고 나서 일어선다.

"배고파—."

안내받은 테이블에 앉자 레이나가 말하고,

"Hungry?"

하고, 크리스가 또다시 예의 능력을 발휘했다. 하긴 레이나의 표정이며 말투가 정말이지 배고픈 소녀의 그것이었기에, 가령 내가 미국 사람이라도 지금 건 알아들었을지도 모르겠다고 이츠카는 생각한다.

건네받은 커다란 메뉴판을 레이나와 머리를 맞대고 읽는다. 이츠카의 위장도 딱 기분 좋을 정도로 비어 있었다.

시저 샐러드, 슈림프 샐러드, 치킨 샐러드. 클램 차우더, 당근 수프, 완두콩 수프.

"아, 파스타가 있다."

레이나가 말한다.

파스타 세 종류, 버거와 샌드위치, 달걀 요리.

"아, 그런데 팬케이크도 있다."

고기 요리, 생선 요리, 사이드 디시, 디저트.

"핫파이가 뭐야?"

이츠카가 묻자 레이나는,

"스튜 같은 거야. 그게 파이 안에 들어 있는 거."

라고 대답했다.

"그럼 파이크는 뭐야?"

"생선인데, 일본어로 뭐라고 하는지는 모르겠어."

"어제도 그랬지만,"

목소리가 나서 메뉴판에서 고개를 들자, 재미있어하는 표정의 크리스와 눈이 마주쳤다.

"어제도 그랬지만, 너희는 무척 진지하게 메뉴를 읽는구나."

"물론이죠. 자, 읽자. 응? 이츠카짱."

레이나는 가슴을 펴면서 냉큼 대답했지만, 이츠카는 내심 멋쩍었다. 아차 싶었다. 메뉴에 정신이 팔린 나머지 다른 사람이 있다는 사실을 잊고 말았다.

"좋아, 그런 거."

하지만 크리스는 그렇게 말했다. I love it이라고, 무표정하게.

식사를 하는 동안(결국 이츠카는 오믈렛을, 레이나는 팬케이크를 주문했다), 레이나는 크리스에게 잇따라 질문을 던졌다. 형제나 자매는 있는지(누나가 한 사람, 결혼해서 지금은 탬파에 살고 있다), 뜨개질 외에는 뭘 좋아하는지(크리스는 잠시 생각하더니 역사, 라고 대답했다), 여자 친구는 있는지(없음).

이츠카는 커다란 햄버거를 먹는 크리스의 솜씨에 감탄했다.

덥석 베어 물지 않고 나이프로 잘라 나누는데, 큼직하게 자른 한 조각을 한 손으로 집어 들고 매번 두 입에 먹는다. 채소가 비어져 나오지도, 소스가 흘러나와 손가락이나 입술에 묻는 일도 없었다. 단 한 번도.

계산은 어제와 마찬가지로 각자 했다. 물론 이츠카는 크리스 것까지 내겠다고 제안해 보았지만—당신은 우리를 안내해 주고 있고, 자동차 연료비도 드니까—, 크리스의 대답은 시원스럽고도 애매한, 하지만 묘하게 말을 더 붙이기 어려운 No였기 때문이다.

호텔 방에 들어오자 레이나는 다운재킷도 벗지 않고 침대에 벌렁 드러누웠다. 아직 다섯 시 전인데 바깥은 완연히 밤의 빛깔이다. '또 하나의' 커버드 브리지(첫 번째 다리 못지않게 아름답고, 아래는 역시 강이었다), 더한층 우거진 숲, 오솔길, 계곡. 산책은 즐거웠고, 크리스가 있어서 안심이기도 했지만, 이제 더 이상 눈에 담을 수 없을 만큼 산의 풍경을 실컷 보았다고 레이나는 생각한다. 하지만 내일은 산에 더 많이 갈 것 같다. 헤어질 때 크리스와 이츠카짱이 그렇게 의논했다.

"괜찮아. 좁긴 해도 깨끗해."

욕실과 옷장 점검을 마친 이츠카짱이 옆 침대에 걸터앉아 말한다. 이 호텔은 가격이 싸고 번화한 장소에 있으니까, 라는 이유로 크리스가 추천해 주었는데 본인은 다시 자기 집으로 돌아갔다. 고속도로로 2시간 가까이 걸리는데도 "금방이야."라며, 웃음기 하나 없이 어깨를 으쓱해 보이고서.

뉴햄프셔주, 화이트 마운틴. 레이나는 머나먼 장소에 왔다는 기분이 든다. 친절한 해리스 씨가 말했던 대로 확실히 여기는 '공기도 경치도 멋진 곳'이지만, 산의 경치란 것은 차 안에서라고는 해도 밤에 보면 무서웠다. 새까맣고, 너무나도 조용해서—.

깜빡 잠이 들어 버렸던 모양이다. 눈을 떠 보니 이츠카짱도 옆 침대에서 자고 있었다. 주위에 지도며 가이드북을 펼쳐 놓은 채. 레이나가 황급히 일어난 건, 난방 때문에 방 공기가 너무 건조해진 데다 자신의 입술이 가슬가슬하니 땅긴다는 걸 깨달았기 때문이다. 항상 촉촉하고 탱탱한 입술을 유지해 둘 필요가 있다는 것이 절친인 시에라와 레이나의 평소 지론이다.

오후 7시 20분. 조용하기 그지없는 방 안에서 립크림을 바르며 레이나는 사촌 언니를 깨운다.

"이츠카짱, 일어나. 감기 걸려. 게다가 이제 저녁 먹으러 가야지."

가이드북에 얼굴을 붙인 채 자고 있던 탓에 일어난 이츠카짱의 뺨에 이상한 자국이 나 있었다.

바깥은 살이 얼어붙을 것처럼 춥고, 내쉬는 입김이 하얗고, 하지만 지금까지 한 번도 본 적 없을 만큼 수많은 별이 떠 있었다.

“예쁘다.”

레이나는 위를 올려다보며 말했다.

“넓네, 하늘.”

그러자 갑자기 기쁨이 복받쳐 올랐다. 머나먼 장소에 있다는 것이, 불안함이 아니라 즐거움이 된다.

“치—크!”

마찬가지로 하늘을 올려다보고 있는 이츠카짱의 뺨에 뺨을 맞댄다.

가로등은 있지만 밤길은 한산하고 그저 조용하다. ‘번화한’ 장소라고 크리스는 말했는데, 그건 여름 이야기거나 혹은 이 지역의 좀 더 깊은 산속에 비해서 그렇다는 거겠지. 닫혀 있는 기념품점 하나, 닫혀 있는 스테이크집 하나, 열려 있는 식료 잡화점 하나, 열려 있는, 엄청 고급스러워 보이는 레스토랑 하나, 닫혀 있는 스포츠 용품점 하나. 발견한 건 그게 전부였다. 팔짱을 끼고 착 달라붙어 걸었다. 바싹 붙어도 추웠지만, 붙어 있으면 무섭지 않았다.

"신발이랑 장갑을 산 게 정답이었네."

레이나가 말하며 한쪽 발을 들어 올려 보인다. 둘 다 새로 산 똑같은 장갑(색깔은 검정)을 끼고, 같은 모양에 색깔만 다른 새 부츠(재질은 양가죽이고, 안쪽은 따뜻한 보아 털)를 신고 있다.

하지만 레스토랑은 보이지 않는다. 이츠카짱이 채소나 과일을 먹고 싶단 말을 꺼내서, 식료 잡화점에서 자몽과 포도와 토마토와 오이를 사 가지고 돌아왔다.

"엄마가 칭찬해 줄 법한, 건강한 식단이군."

레이나의 그 말에 이츠카짱이 웃었다.

이츠카는 좀처럼 잠을 이루지 못했다. 애매한 초저녁 시간에 잠을 자 버린 탓이겠지만, 똑같이 잤는데도 레이나는 채소와 과일만으로 이루어진 저녁을 먹은 후, "너무 산이라서 졸려."라는 뜻 모를 소리를 하고 침대에 들어가더니 눈 깜짝할 새에 잠이 들어 버렸다.

조용하다. 호텔 방이란 대체로 조용하기 마련이지만, 여기는 방 안이 아니라 바깥이 너무 조용하다 보니, 이츠카는 자신이 방째 정적에 포위되어 있는 것처럼 느낀다. 사방에서 다가오는 거대한 그것에, 자신이 아직 깨어 있음을 알리고 싶지 않았다. 그래서 숨죽인 채 가만히 있다. 작은 풋라이트 하나를 제외하고 방 안의 불은 전부 꺼져 있었다. 거의 새카만 암흑이지만, 부분적으로 가구의 모양이 어렴풋이 분간되는데 그게 오히려 무서웠다.

크리스에 대해 생각해 본다. 그렇다기보다, 재회한 이래 크리스는 늘 이츠카의 한가운데에 있다. 그저 있을 뿐이고, 어째서 그런지는 모르겠지만, 있다는 사실이 기뻤다. 크리스의 얼굴을, 목소리를, 분위기를 마음속으로 떠올려 본다. 그리고 그와 이야기하고 있을 때의, 내가 상대방을 알고 상대방도 나를 알게 돼 버리는 그 불가사의하고 그리운 느낌, 안심이 되고 완전하고, 군더더기 하나 없는 느낌을.

하지만 그것은 레이나가 말한 것과 같은 '사랑이라든가' 하는 느낌과는 달랐다. 이츠카는 딱히 크리스와 단둘이 있고 싶다거나 팔짱을 끼고 걷고 싶다는 따위의 생각은 들지 않는다. 함께 있어도 가슴이 두근거린다든지 하는 일도 없다(오히려 그 반대여서 크리스와 함께 있으면 이츠카는 차분해진다). 고등학교 때 '남친'이 있는 여자애들은 하나같이 '남친'이랑 있으면 가슴이 두근거린다고 말하곤 했다. 어떤 애—옛날에 베이비 모델이었다는 히토미라는 아이—는 약속 장소에 상대가 나타나기만 해도 매번 숨이 멎을 것 같다고 했다.

그런 건 일절 없으니, 역시 이건 '사랑이라든가'는 아닐 것이다. 아저씨 같은 느낌은 전혀 없어도 무려 32살이고. 단지 이츠카는 크리스와 만날 수 있었다는 것이 기뻤다. 내일도 만날 수 있다는 것이. 그리고 지금도 크리스가 어딘가에 있음을 알고 있다는 것이.

증기 기관차는 출발 전인데도 이미 연기를 뭉게뭉게 뱉어 내고 있었다.

"이걸 타는 거야?"

레이나는 놀라며 목소리를 높인다. 실은, 이거 움직이는 거야? 라고 묻고 싶은 대목이었다. 박물관에 전시되어 있어도 이상하지 않을 법한, 너무나도 예스러운 물건이었으니까.

"맞아."

크리스가 대답한다.

"이건, 세계에서 가장 오래된 코그식 산악 열차Cog Rail야."

라고, 담담한 어조로.

"코그식?"

이츠카짱이 묻는다. 하지만 그에 대한 크리스의 설명—톱니 바퀴가 어떻다느니, 스위스가 어떻다느니—은 레이나가 듣기에도 도무지 종잡을 수가 없었다. 뭐라는 거야? 영어를 알아듣지 못할 때 이츠카짱은 항상 레이나에게 그렇게 묻는다. 그래서 이번에도 묻겠거니 싶었는데, 묻지 않았다.

"무슨 뜻이야?"

대신, 크리스에게 직접 질문하고 있다. 이츠카짱은 원래 붙임성이 있는 편이 아닌 데다 영어가 되면 말이 무뚝뚝해져서 화난 것처럼 들리고 보인다. 이츠카짱도 알아들을 수 있도록 표현을 골라 가며 어떻게든 설명하려 애쓰고 있는 크리스가 레이나 눈에는 마치 선생님에게 야단맞고 있는 학생처럼 보여 웃음이 난다. 정작 가르쳐 주고 있는 건 크리스인데.

파란 하늘이다. 공기가 맑아서, 석탄을 태우는 연기 냄새를 뚜렷하게 알 수 있다. 열차에 연결된 네모난 상자에는 시커먼 석탄이 산처럼 쌓여 있다.

"있잖아, 이거, 어디를 향해 가는 거야?"

레이나가 그렇게 물은 까닭은 기관차의 얼굴에 해당하는 부분(그림책에서는 토마스의 얼굴도 에드워드의 얼굴도 헨리의 얼굴도 모두 그곳에 그려져 있다)이 딱 한 량뿐인 객차와 마주 보이게 연결되어 있었기 때문이다. 그 때문에 연기를 토해 내고 있는 검은 기관차와 파란 객차가 정면충돌하고 있는 것처럼 보인다.

"물론 저기지. 여기는 시발역이고, 여기서부터 저쪽으로 올라가는 거니까."

크리스가 손가락으로 가리키며 대답했다. 그렇다면, 기관차가 뒤에서 얼굴로 객차를 밀어 올리며 전진하게 된다.

"이상한걸."

레이나가 일본어로 중얼거리자,

"Funny?"

하고, 크리스가 또 알아맞혔다.

주변에선 모여든 승객들이 모두 사진을 찍고 있다.

타고 보니, 객차 안은 꽤 새로웠다. 계속 내부를 개장하고 있나 보다. 맨 나무로 된 딱딱해 보이는 좌석은 좌우로 세 명씩 앉을 수 있게 되어 있고, 레이나는 왼쪽 창가에 앉았다.

"상당히 흔들리니까, 마음의 준비를 해 두는 게 좋을 거야."

크리스가 말한다. 레이나는 천 가방에서 리세스 초콜릿을 꺼냈다. 알이 작은 녀석이다. 크리스와 이츠카짱에게 한 알씩 건네고 나서 자기 몫을 입에 넣는다. 깨물자, 부드러운 피넛버터의 소금기와 초콜릿의 달콤함이 한데 섞였다. 미국에 갓 건너왔을 무렵부터 지금까지 레이나가 아주 좋아하는 맛이다. 이런 과자는 일본에서는 먹어 본 적이 없다.

"보통은, 도중에는 묻지 않아."

"왜?"

"몰라."

옆에서 이츠카짱과 크리스가 뭔가 이야기하고 있다. 오늘 크리스는 머리가 부스스하고(늦잠을 자는 바람에 매만질 짬이 없었다고 했다), 다운재킷 안에 두툼한 터틀넥 스웨터를 입고 있다. 수수한 회색 스웨터는 아무리 봐도 기성품이라서, 뜨개질을 그토록 좋아하니 스웨터도 직접 짜 입으면 될 텐데, 하고 레이나는 생각했다.

"와아."

소리친 까닭은 열차가 갑자기 비스듬하게 기울었기 때문인데 등이 등받이에 들러붙어 버릴 것 같은 그 대담한 뒤 경사에 이츠카짱도

"무섭다."

하고 말했다. 그리고 흔들림과 소리—. 진행 속도는 느린데 한 걸음씩, 이 아니라 한 바퀴씩 전진할 때마다 쿵, 쾅, 덜컹, 덜컹, 하고 난리도 아니다.

"이거 실화야?"

이츠카짱은 겁먹은 목소리로 말하며 레이나의 오른손에 왼손

을 포갠다. 똑같은 장갑과 장갑이 포개진다. 벽으로도 바닥으로도 나무 좌석으로도 격렬한 진동이 전해지고, 레이나는 참다못해 웃음을 터뜨리고 만다. 말도 안 된다고 생각했기 때문이다. 창밖의 경치가 완전히 기울어져 있다. 레이나의 오른손에서 이츠카짱의 왼손이 떨어지고, 이츠카짱도 소리 죽여 웃고 있었다.

"뭐야 이거, 믿을 수가 없어."

라면서. 무시무시한 소리가 나고 있다. 레이나는 여태 이런 소리—쿵, 쾅, 슉, 슉—는 그림책 안에만 있는 소리인 줄로 알았다. 구부러질 때 들리는 브레이크의 삐걱거리는 소리도, 별안간 내지르는, 지나치게 새된 기적 소리도. 하지만 그것이 지금 실제로 여기에 존재하고 있다.

"너무 재밌다!"

레이나가 말하자,

"진짜!"

하고, 이츠카짱이 대답했다. 둘 다 더 이상 소리 내어 웃지는 않았지만 얼굴이 히죽거려지는 건 멈출 수가 없었다. 거센 요동에도 경사에도 지지 않고 다른 승객들은 일어서서 균형을 잡고, 창밖으로 카메라를 겨누기도 한다.

"일어서 볼래?"

이츠카짱이 물었다.

"해 보자."

레이나가 대답하고 일어서서 앞 좌석 등받이를 붙잡았다. 옆에서 이츠카짱도 똑같은 짓을 하고 있다.

"조심해."

크리스가 말했다.

창밖은 아득한 아래쪽에 나무들이 한없이 이어지고 있다. 절반은 갈색, 절반은 노란색으로.

"엄청 높은 곳에 있는 거구나, 우리."

중얼거리더니, 이츠카짱은 창가로 다가와서 몸을 웅크린다. 레이나는 다시 좌석에 앉고, 둘이 나란히 창문에 얼굴을 바싹 붙인다.

"역 자체가 꽤 위쪽에 있었는걸."

아침 일찍 호텔을 나와 구불구불한 산길을 크리스의 차로 올라왔다. 둘을 기다리는 동안 읽었는지, 차 안에는 신문이 여기저기 흩어져 있고 잉크 냄새가 물씬 났다.

"창문, 열어 볼까."

이츠카짱이 말한다. 평범하기 이를 데 없는 내리닫이 창으로, 시도해 보니 쉽게 열렸다. 얼어붙을 듯한 냉기가 얼굴에 확 와 닿는다.

"웁스."

레이나는 엉겁결에 머리를 뒤로 젖혔다. 공기가 너무 차서 숨이 쉬어지지 않았기 때문이다. 이츠카짱이 황급히 창문을 닫는다. 그리고 눈을 마주치며 둘이서 또 웃었다.

레이나로서는 놀랍게도 크리스는 뜨개질을 하고 있었다.

"저기, 바깥, 예쁜데. 안 봐요?"

"I know."

크리스는 그렇게 대답하고,

"이렇게 하면 보이니까 걱정 없어."

하면서 고개를 들고 이리저리 두리번거린다. 크리스는 눈이 크다. 그리고 얼굴뼈가 그 부분만 유달리 움푹 들어가 있다는 걸 알 수 있다.

산기슭 역은 화창했는데 산꼭대기는 흐리고 안개까지 끼어 있었다. 거의 아무것도 보이지 않는 데다 뼛속까지 스며드는 듯한 냉기 때문에 승객들은 다들 열차에서 내리자마자 '스테이션'이라 불리는 오두막집으로 뛰어 들어갔다. 거기서 커피(크리스와 이츠카)와 핫초콜릿(레이나)을 마신 후, 크리스는 뜨개질을 시작하고 레이나는 일기를 쓰기 시작했다. 이츠카는 창밖을 보고 있다. 하지만 보이는 것이라고는 유백색 안개와, 이따금 비쳐 보이는 색의 단편(지면의 갈색, 무언가 간판의 붉은 기, 나무들의 노란 잎)뿐이다. 오두막집 안은 따뜻하고, 창문은 뿌옇다.

하행 열차(좀 전에 타고 온 것과 같은 열차다) 출발 시각까지 다들 여기서 기다리는 수밖에 없다. 트래킹(겨울에는 스키) 가이드인 크리스조차도 산책은 무리라고 판단했으니까. 이따금 별종난 몇몇 사람이 바깥에 나가 보지만, 일이 분 내로 돌아온다. "추워서 죽을 것 같아." 혹은 "아무것도 안 보여"라고, 마치 모두에게 선언하듯 큰 소리로 말하면서.

이츠카는 크리스가 앉아 있는 자리를 본다. 쉼 없이 짜이고 있는 핑크색과 은색의 물체를. 암트랙에서 처음 보았을 때도 그렇게 느꼈지만 역시 기묘한 광경이었다. 덩치 큰 남자가, 손에 비해 지나치게 작아 보이는 코바늘을 쥐고서, 심하게 눈에 띄는 색조의 물체를 능숙하게 묵묵히 뜨고 있는 모습은.

크리스에게 안내 받기로 예정된 장소는 이로써 마지막이었다. 이다음은 열차로 산을 내려가, 크리스가 차로 보스턴까지 바래다주기로 되어 있다. 이츠카와 레이나는 거기서 서부로 갈 예정이다. 어느 도시로 갈지, 아직 구체적으로 정하진 않았지만 암트랙이든 그레이하운드든 보스턴에서라면 아주 많으니까.

그러므로 지금 여기 있는 크리스가 내일부터는 없다는 사실을 이츠카는 알고 있고, 레이나도 크리스도 알고 있다. 처음부터 알고 있었던 일이다. 그런데도 그때가 다가옴에 따라 기분이 우중충하게 가라앉는 것을 이츠카는 어떻게 해 볼 도리가 없다. 이런 건 이상해. 크리스가 있었던 건 고작 사흘이고, 버거킹 때부터 헤아려도 일주일이 채 안 되는데. 이츠카는 그렇게 생각을 다잡아 보려 한다. 원래 없었던 사람이고, 없어도 아무 상관 없다, 라고.

"열차, 이제 곧 출발할 것 같아."

레이나가 옆에 와서 말했다.

"이번엔 반대 방향으로 기울어진 풍경을 볼 수 있겠네."

라며 즐거운 듯이.

돌아가는 열차 안에서도 크리스는 뜨개질을 하고 있었다.

"뭔가, 크리스 조금 이상하지 않아?"

레이나는 조그맣게 일본어로 이츠카짱에게 말했다.

"어제도 그제도, 같이 있을 땐 뜨개질 같은 거 안 했는데."

"별로 이상하지 않아."

이츠카짱은 소리를 낮추지 않고 대답한다.

"원래 뜨개질남이잖아."

"그렇긴 하지만."

레이나는 그렇게 말했지만, 역시 어제까지의 크리스와 무언가가 다르다는 느낌이 들었다. 그리고 그러한 느낌은 열차가 산기슭 역에 도착하고 나서도, 차—요 사흘간, 아무리 깊은 산속에서도 레이나 일행을 묵묵히 기다려 준, 충실한 하늘색 털털이 자동차—에 탄 후에도 변함없이, 아니 오히려 점점 더 뚜렷해졌고—크리스는 말수가 적어졌을 뿐만 아니라, 이츠카짱과 레이나의 대화에 주의를 기울이지도, 들은 일본어를 되풀이하지도, 그 의미를 묻지도 않게 되었다—, 도중에 들른 레스토랑에서 점심을 먹고 났을 즈음엔 레이나로서는 더 이상 의심할 여지가 없었다. 의심할 여지 없이 크리스는 서먹서먹하게 굴었다. 말을 걸면 물론 대답은 해 준다. 하지만 그건 "Yes"나 "No"나 "I don't know" 같은 참으로 쌀쌀맞은 답변이었다. 게다가 한 가지 더 변한 게 있었다. 이제까지 자기 밥값은 자기가 내겠다면서 사양했던 크리스가 "OK"라고 대답한 것이다. 이츠카짱이 마지막 식사이니 우리가 냈으면 좋겠다고 했을 때. 레이나로서는 누가 돈을 내느냐는 문제가 아니었다. 누가 내든 상관없었다. 하지만, 변화다.

차로 돌아오고 나서도 이상한 분위기는 계속됐다. 긴장감? 뭔가 그 비슷한 것. 뒷좌석에서 이츠카짱은 지도며 가이드북을 넘기면서, 마치 크리스가 옆에 없는 것처럼 일본어로 말을 걸어온다.

“서부로 가려면, 우선 시카고를 목표 삼는 게 나을까.”

라느니,

“워싱턴 DC도 괜찮지만, 그러면 뉴욕으로 돌아가는 모양새가 돼 버리니까.”

라느니. 크리스는 크리스대로, 마치 레이나도 이츠카짱도 여기에 없다는 양 운전에 집중하고 있다. 고속도로의 풍경은 살풍경하고, 앞을 달리는 차의 주별 번호판 정도밖에 볼만한 것도 없다.

“저기, 크리스.”

차 안에 가득한 것도 모자라 점점 크고 무거워져 가는 것처럼 느껴지는 긴장감(하지만 무슨? 왜?)을 견디다 못해 레이나는 대화를 시도해 본다.

“화났어?”

“내가 화가 나? 노. 화 안 났어.”

조용하고 단조로운 목소리였다.

“하지만, 화난 것처럼 보여. 말도 안 하고, 열차 안에서도 산꼭대기에서도 뜨개질만 하고.”

"그건……."

입을 연 채 크리스는 레이나를 힐끗 보았다.

"그건, 뜨개질을 하고 있으면 마음이 진정되니까."

다시 침묵이 내려앉는다.

"오케이."

하지만 그 침묵을 깬 것은 크리스였다. 양손을 아주 잠깐 핸들에서 떼는가 싶게 위로 올렸다 내린다. 조그맣게 만세 하듯이.

"솔직히 말할게. 난 그저, 굿바이를 말하는 게 서툰 거야."

앞을 향한 채 그렇게 말했다.

"그래서?"

레이나로서는 이해가 가지 않았다. 작별 인사를 하는 게 서툴러서, 그래서 입 다물고 뜨개질?

"하지만, 아직 작별하는 장면은 아니잖아?"

크리스는 조용히 웃었다.

"그렇네. 하지만, 준비가 필요해."

이츠카는 그것을 아프도록 잘 알았다. 이츠카 본인이, 크리스가 사라진 후—이제 곧이다—를 대비해, 크리스를 만나기 이전의 자신으로 되돌아가려 노력하는 참이니까. 고속도로를 빠져나온 차는 서쪽에 나무숲이 있는 넓은 길을 한동안 달린 후, 붉은 벽돌 건물들이 늘어선 거리로 진입한다.

"너희는 아직 모르겠지만."

크리스가 다시 입을 열었다.

"어른이 되면, 이런 식으로 누군가와 이야기를 나누진 않아. 이런 식으로, 자신이 느낀 것을 솔직하게는 말이야."

"그런 거야?"

레이나의 맞장구에는 이해할 수 없다는 느낌이 묻어난다.

"왜?"

"I don't know."

크리스가 대답한다.

"왜인지는 모르겠지만, 어른들은 보통, 이런 식으로 다른 누군가에게 감정을 드러내 보이거나 하지 않아."

어른이 아니어도 그래. 이츠카는 마음속으로 말했다. 난 아직 열일곱 살이지만, 보통은 이런 식으로 다른 누군가에게 감정을 드러내 보이지 않아.

"너희는 잘 웃지. 자신의 생각을 언어로 확실하게 전달하고. 그런 너희와 함께 있으면 굉장히 유쾌해. 너희를 보며 즐거워하는 내 자신이 뜻밖이었어. 이상하게 생각할지 모르겠지만, 아마 나는—."

크리스는 거기서 일단 말을 끊고,

"아마 나는, 너희가 부러운 걸 거야."

라고 말했다.

"No."

생각하기에 앞서 목소리가 나왔다. 무엇이 'No'인지 이츠카 자신도 잘은 알지 못했지만, 어쨌든 그건 아니다 싶었다.

"그런 거 이상해. 그건, 어른이냐 아니냐의 문제는 아니라고 봐."

이츠카가 말했다.

"게다가, 당신은 우리한테 작별을 말할 필요 따윈 없어. 왜냐면, 우린 또 만날 거니까."

"그런 거야?"

레이나가 일본어로 물었다.

"우리, 크리스랑 또 만나?"

차는 보스턴 시내로 들어섰다. 세탁소 간판, 우체국, 공원, 사람들—.

"오케이."

크리스는 그렇게 말하고, 룸미러 너머로 이츠카와 눈을 마주쳤다.

“널 믿어.”

싱긋 웃고서,

“하지만 지금은 작별의 시간이야.”

하고, 갓길에 차를 세웠다.

도시의 냄새였다. 게다가 도시의 소리, 랄까 떠들썩함. 여기저기 사람들이 있다. 걷거나, 자전거를 타거나, 멈춰 서서 스마트폰으로 뭔가를 하기도 하면서. 레이나는 기뻐서 현기증이 날 정도였다.

“이츠카짱, 도시야. 우리, 도시로 돌아왔어.”

먼지 냄새 나는 공기, 지하철 마크, 택시, 카페며 슈퍼마켓이며 ATM이며.

“도시다!”

산은 확실히 아름다웠다. 크리스는 확실히 좋은 녀석이었고, 산악 열차도 재미있었다. 하지만—. 사람이 잔뜩 있고, 다들 바빠 보이고, 시간이 확실하게 흐르고 있는 느낌이 나는 북적북적한 거리로 돌아왔다는 것에 레이나는 가슴이 터질 듯이 기뻤다.

“우선 호텔부터 찾자.”

이츠카짱이 말한다.

"오늘은 좋은 데서 묵자. 침대가 푹신푹신한 곳."

라고. 오후 3시 50분. 햇살은 옅고, 다들 추운 듯 걷고 있지만, 오전 중에 있었던 산 위에 비하면 봄처럼 따스하다고 레이나는 생각한다.

클리블랜드 버스 터미널에서 공중전화로 집에 전화하고 있는 사촌 동생의 모습을 멀리서 바라보며, 이츠카는 묘하게도 마음 한구석이 뻥 뚫린 듯한 기분이 든다. 보스턴에서 크리스와 헤어져—악수, 포옹(크리스의 다운재킷은 비 오는 날 같은 냄새가 났다. 산의 냉기가 아직 남아 있었는지도 모른다), 잘 지내라는 인사—레이나와 둘만의 여행이라는 원래 상태로 돌아왔으련만, 원래대로라는 느낌이 조금도 들지 않는다. 자신이 불완전해진 것 같은 기분이 들었다. 마치 자신의 일부를 크리스와 함께 보스턴에—혹은 그 하늘색 차 안에—두고 와 버린 것 같아서, 그 일부가 없으면 자신이 자신으로 있을 수 없기에 곤란한 그런 기분. 하지만 대체 뭘 두고 왔다는 걸까. 어째서 원래 둘이었던 그때와 다른 기분이 드는 걸까. 다시 한번 크리스를 만나 확인하고, 완전한 자신을 되찾고 싶다는 생각을 하지만, 그러기에는 이미 너무 멀리 와 버렸다.

보스턴에서는 고급 호텔에 묵었다. 밤에는 차이나타운에서 중화요리를 먹었다. 그 이튿날에는 하루 종일 버스를 타고 갈 수 있는 곳까지 가 보기로 결정하고 보스턴에서 출발한 때가 아침 7시 반이었고, 가까스로 클리블랜드에 도착한 때가 밤 10시 넘어서였다. 맨 처음 눈에 띈 호텔―프런트에 무뚝뚝한 백인 오빠가 있었고, 말할 때마다 트림 비슷한 소리를 내서 어쩐지 기분 나빴다―에서 하루 자고, 오늘은 다시 더 서쪽으로 가기 위해 그레이하운드 터미널에 와 있다. 겨울 초입에 장거리 버스로 여행하려는 유별난 사람은 많지 않은지 건물 안은 한산하다. 커다란 짐을 든 수염투성이 백인 남자 한 명, 짐이 하나도 없는 것처럼 보이는 마른 흑인 커플 한 쌍, 그리고 탄산음료 따위를 파는 자동판매기에 상품을 보충하고 있는 남자가 한 명 있을 뿐이다. 바깥은 눈부시게 화창하지만, 그 햇살의 색조와는 모순되게 한 발 나가면 공기는 살을 에듯 차갑다.

"리오나짱, 있었어?"

돌아온 레이나에게 이츠카가 물었다.

"있었어."

레이나는 짧게 대답한다. 쨍강거리는 소리를 내며 금속제 의자에 걸터앉아 립크림을 바른다.

"아빠한테도 걸었는데, 그쪽은 부재중이라서 메시지 넣어 뒀어."

"틀림없이 아쉬워하실걸. 전화 못 받은 거. 나중에 다시 걸어봐."

이츠카 말에 레이나는 떨떠름한 표정을 지었다.

"응. 하지만 화낼 게 뻔하니까 싫어."

침묵이 내려앉는다. 이상한 느낌이었다. 뉴욕에서 멀리 떨어진 곳에 와 있는데 레이나 주위에만 뉴욕의 기운이 감돌고 있다. 자동판매기에 상품을 보충하던 작업복 차림의 남자가 휘파람을 불며 카트와 함께 나간다. 저 남자에게는 이곳이 일상의 장소이며 이것이 일상인 거라고 이츠카는 생각한다. 하루 일과를 마치면 가족이 기다리는 집으로 돌아가는 거라고.

"그래서, 몇 시 버스로 정했어?"

레이나가 목소리를 밝게 바꾸며 물었다.

"그게 말인데."

이츠카는 시각표를 보여 주면서 설명한다. 11시 55분에 출발하는 버스는 시카고에 저녁 6시쯤 도착하고, 그 다음 버스는 3시 50분 출발에 시카고 도착은 밤 9시. 하지만 우리는 아직 클리블랜드를 둘러보지 않았다. 그러니, 심야 버스를 타 보는 건 어떨까. 가령 심야 1시 15분발 버스라면 시카고에 아침 6시 25분에 도착하고, 3시 25분 출발이면 8시 45분 도착이다. 지금은 티켓만 사고 짐을 물품 보관함에 맡겨 두면 오늘은 거의 하루 종일 이 거리를 구경할 수 있다.

레이나는 두말없이 찬성했다.

"완전 좋아."

그렇게 말하고, 유리창 너머로 바깥을 보며 눈을 빛낸다. 어제 내내 버스를 타서 질린 데다 바깥 날씨도 좋고, 배도 고프고, 버스 터미널 매점에서 파는 빵 말고 다른 게 먹고 싶던 참이었고, 게다가 얼른 기분 전환하지 않으면 엄마 목소리가 계속 귀에 남아 있을 것만 같으니까, 라고 말했다.

어째서인지는 모르겠다. 하지만, 딸한테서 두 번째로 전화가 걸려 왔을 때 리오나는 첫 번째 때와는 전혀 다른 기분이 들었다. 오전 10시였고, 리오나는 거실 청소를 하던 중이었다. 쿠션을 하나씩 뒤뜰에서 털고, 소파 틈새에 청소기의 흡입구를 밀어 넣으며.

"엄마?"

그리운 목소리가 들렸고, 단순하게 기뻤다.

"레이나!"

들뜬 목소리였지 싶다.

"잘 있니?"

그렇게 묻자 레이나는 잘 있다고 대답하고, 엄마는? 하고 되물었다. 아빠는? 유즈루는? 그렇게 이어지더니, 앨리스랑 에드워드는? 프린스는? 하고, 옆집 부부와 테리어 강아지에 대해서까지 물었다(그 하나하나에 리오나는 "잘 있어."라고 대답했다).

"이츠카는?"

"잘 있어. 지금 이쪽을 보면서 손 흔들고 있어."

리오나는 상상하려 했다. 공중전화 앞에 서서 수화기를 귀에 대고 있는 레이나와, 조금 떨어진 곳에서 그 모습을 지켜보고 있는 이츠카를.

"엽서는 받았어? 우리, 엄청 옮겨 다니는 중이야."

"그런 것 같더구나."

리오나는 대답하고 나서 꼭 해야 할 말을 했다.

"얼른 돌아오렴. 다들 걱정하고 있어. 아빠도 엄마도 유즈루도, 슈나이더 선생님도, 시에라도."

"시에라!"

레이나의 목소리가 커졌다.

"엄마, 만났어? 시에라?"

시에라는 초등학교 때부터 함께 한 레이나의 절친이다. 동남아시아 피가 1/4 섞인 미소녀로 원래 극단적인 부끄럼쟁이였는데 중학생이 된 후로 갑자기 어른스러워졌다. 리오나는 학교에서 만났다고 대답한다. 친구들이 널 못 봐서 모두 허전해하고 있어, 라고.

"그만해. 보고 싶어지잖아."

"얼른 돌아오렴."

리오나는 되풀이했지만, 그 말이 딸의 가슴에 닿기를 어디까지 진심으로 기대하고 있는지는 알 수 없었다.

"이제 끊어야 해."

레이나가 말한다.

"꼭 그래야 해?"

"그래야 해."

그 대답은 씩씩했다.

"레이나."

마지막으로 리오나는 말했다.

"뭐든지 조심해. 차든 사람이든, 뭐든지. 그리고 아빠한테 전화하렴. 목소리 들려 드려."

레이나는 알았다고 대답했다.

바로 조금 전까지보다 몸이 가볍다. 하던 청소를 다시 시작하면서 리오나는 생각했다. 바깥은 춥긴 해도 날씨가 좋으니 이대로 유리창도 닦아 버리자.

다운타운에는 트롤리버스가 순환하고 있었다. 그 외에 일반버스나 지하철도 있고, 물론 택시도 많이 돌아다닌다. 바다도 산도 재미있었지만, 역시 도시 쪽이 좋고 안심이 된다고 레이나는 생각한다. 사람도 가게도 여기저기 넘쳐나고, 조금만 걸어도 소리며 냄새며 풍경이 잇따라 바뀐다. 가고 싶은 곳에 가기 위해 히치하이크를 할 필요도 없다.

"배부르다."

레이나는 그렇게 말하며 이츠카짱의 코트 소맷자락을 잡았다. 팔이 아니라, 소매를 붙잡고 걷고 싶을 때가 있는 것이다.

"거대했지, 그 고기."

이츠카짱이 대답한다. 두 사람은 지금, 귀여운 외관의 레스토랑—이름도 귀여운 느낌이 나는 '로라'였다. 레이나는 물론『큰 숲 속의 작은 집(초원의 집 시리즈 중 하나)』을 떠올렸고, 반드시 여기에 들어가야 한다고 주장했다—에서 '스모크 폭찹'이라는 걸 먹은 참이다. 그래서 다음은 '헬스 라인'이라는 버스를 타고 '유니버시티 서클'이라는 곳에 가기 위해 역을 향해 가고 있다. 이츠카짱이 버스 터미널에서 받은 지도에 따르면 역은 유클리드 거리에 있고, 유클리드 거리는 바로 저쪽이지 싶다.

"여기, 왠지 색깔이 예쁜 거리네. 하늘이 많이 보이고."

레이나가 말했다.

"한가롭다고 할까."

역사가 느껴지는 붉은 벽돌 건물이 많고 어딘가 예스러운 분위기를 풍기던 보스턴과도, 고층 빌딩이 즐비한 맨해튼과도 전혀 다르다.

"응. 살기 좋아 보이는 도시네. 오후가 되니까, 아침보다 꽤 따뜻—"

이츠카짱의 말은 중간까지밖에 들리지 않았다. 심장이 쿵쾅거리고, 생각하기에 앞서 레이나는 이미 달려 나가고 있었다.

"레이나!"

외친 이츠카짱의 목소리는 공포로 얼어붙어 있었고, 여기저기서 울려 대는 경적 소리도 맞부딪치는 듯이 온 피부로 느꼈지만, 신경 쓸 겨를이 없었다. 레이나는 달리고, 또 달렸다. 큰길—아마도 유클리드 애비뉴—은 무사히 건넜지만, 앞을 달리는 갈색

개와의 거리는 줄어들지 않는다. 개는 리드 줄을 질질 끌며 달리고 있다. 저 줄을 발로 밟으면 잡을 수 있다. 하지만 길은 완만한 오르막길이고, 콘크리트 포장도로는 여기저기 단차가 있다. 오른쪽 골목에서 나온 아저씨가 깜짝 놀라며 옆으로 피했다. 사과하고 싶었지만 목소리가 나오질 않고, 레이나는 다리가 꼬여 넘어질 뻔하면서도 계속 달렸다. 개는 오로지 포장도로를 직진하고, 모퉁이가 나오면 꺾는다. 이따금 겁먹은 듯 우뚝 멈춰 서지만, 레이나가 미처 따라잡기 전에 다시 내빼고 만다. Wait, doggie wait. 마음속으로 계속 외쳤다. 상대는 개인데도 영어가 나오는 것이 우스웠다. 어느새 주위는 조용한 주택가다. 좀 더 빨리 달리려다 레이나는 앞으로 고꾸라질 뻔했다. 숨이 차서 더 이상 못 달리겠다 싶으면서도 비틀거리며 달리고, 눈이 제대로 깜빡여지지 않아 시야가 가물가물했다. 개는 지금 예스러운 아파트의 바깥 계단 아래에 가만히 있다. 거리 차는 줄어들지 않지만 그래도 아직 시야에서 놓치지는 않았다. 레이나는 달리기를 멈추고 개가 놀라지 않도록 천천히 다가간다. 숨이 턱 끝까지 차올라서 걷는 것만으로도 힘겨웠다. Doggie wait, stay there, please. 마음속으로 빈다. 하지만 개는 다시 달려 나가고, 레이나도 따라가듯 달려 나갔다, 싶었는데 넘어지고 말았다. 어째서? 라고 생각한 순간 지면 위에서 한 차례 튀고, 아무 데도 아프지는 않았지만 충격은 있어서 깜짝 놀랐다. 일어서려 해도 다리에 힘이 들어가지 않고 자신의 숨소리 외에는 아무것도 들리지 않는데, 고개를 들자 그것이 보였다. 개가 주뼛거리며 다가오는 모습이.

구급차는 바로 왔다. 할머니는 머리에서 피를 흘리며 쓰러져 있고, 그 주위를 지나가던 사람 넷이 에워싸고 있다. 911에 신고한 사람은 양복을 입은 남성이다. 할머니 옆에 무릎을 꿇고 계속해서 말을 걸고 있는 사람은 서른 살 정도 되어 보이는 금발 여성이며, 이츠카는 그 옆에서 어찌할 바를 모르고 그저 서 있다. 구급대원이 할머니를 들것에 싣는다. 사이렌과 경광등, 청결하고 옹골차 보이는 하얀 차체—. 피 웅덩이가 생길 정도로 머리 부위의 출혈이 심한데도 할머니는 미약하게 손을 움직이면서 구급대원에게 무어라 이야기하려 하고 있다.

눈 깜짝할 사이에 일어난 일이었다. 이츠카와 레이나 뒤에서 오던 자전거가 두 사람을 앞지른 직후 할머니와 부딪혔다. 할머니는 차가 없는 골목길을 가로지르려 하고 있었고, 실제로 거기에는 차가 다니지 않았기에 이츠카와 레이나도 골목길 한가운데를 걷고 있었다. 그런데 그 골목 끝에는 큰길이 있고, 그쪽 신호등이 파란색이어서 아마도 자전거는 거기를 건널 작정으로 속도를 높였으리라. 굉장히 세게 부딪힌 것 같았다. 할머니는 글자 그대로 휙 날아가서, 부딪힌 장소보다 상당히 뒤쪽에 벌렁 나자빠졌다. 데리고 있던 개가 엄청난 소리로 컹 하고 한 차례 짖은 후 교차로로 뛰어들었고, 레이나가 뒤를 쫓아갔다. 경적이 요란하게 울려 퍼지고, 이츠카는 비명을 질렀다. 시간이 멈춘 느낌이었다. 이건 전부 거짓이야. 그 순간 자신이 그런 생각을 떠올린 듯한 기분이 들지만, 그것은 틀림없는 현실이고, 다음 순간에는 시간이 다시 움직이기 시작하여 레이나는 차에 치이지 않고 길을 건넜고, 균형을 잃고 쓰러졌던 자전거는 일어나 자세를 바로잡더니 할머니를 힐끔 보고는 엄청난 스피드로 도망쳤다.

그래서 할머니에게 최초로 달려온 사람은 이츠카였다.

"괜찮으세요?"

누가 봐도 괜찮지 않은 상황임에도 그런 말밖에 나오지 않았다.

"No."

할머니는 속삭이다시피 작은 목소리로, 그러나 또렷하게 말했다. 피부가 바싹 마르다 못해 가루를 뿌려 놓은 듯했고, 입 주위의 주름이 눈에 띄었다. 자그마한 눈은 이래서 정말 뭐가 보일까

싶을 만큼 투명한 물빛이었는데, 그 눈 주위도 주름이 자글자글 했다.

"지금 구급차를 부르겠습니다."

이츠카는 말하면서 휴대 전화를 꺼냈지만, 전원을 꺼 놓은 탓에 작동하기까지 시간이 걸리고, 더군다나 동요한 나머지 긴급 신고 번호인 911이 생각나지 않아 큰길까지 나가서 그곳에 있던 남자에게 신고해 달라고 부탁했다.

다시 돌아와 보니, 할머니는 바닥에 드러누운 자세 그대로 울고 있었다. 눈가에 눈물이 고인 채,

"Shameful(한심해)."

라고 말했지만, 그게 움직이지 못하는 자기 자신에 대한 말인지, 뺑소니범에 대한 말인지는 알 수 없었다.

"우리 개는?"

이어서 할머니는 그렇게 말했다.

"우리 개는 어디에?"

"제 사촌 동생이 지금 쫓아가고 있어요. 아마 그 애가 데려올 겁니다."

정말로 데리고 돌아올 수 있을지 알 수 없었지만, 이츠카는 그렇게 대답했다.

"Ms."

누군가 팔꿈치를 잡기에 돌아보니, 구급대원 중 한 사람이었다. 할머니는 이미 구급차에 옮겨져 있었고, 에워쌌던 사람들도 양복 입은 남성—다른 구급대원과 이야기하고 있다—외에는 다 가고 없었다.

"Come with me."

흑인 여성 대원의 재촉에 따라가 보니, 이미 닫혀 있던 구급차의 뒷문이 열리고, 구급대원이 이츠카의 상반신을 뒤에서 밀었다.

"이 여자 분입니까?"

구급대원이 묻자 할머니—다리를 접어 넣은 들것 위에 길게 누워 팔에는 회색 물체를 감고, 얼굴에 산소마스크 비슷한 것도 쓰고 있었다—는 고개를 끄덕이더니 스스로 마스크를 얼굴에서 떼고,

"She, saw, everything."

라고, 떨리는 목소리로 한 단어씩 끊어 가며 천천히 발음했다.

"타 주시죠."

구급대원이 다시 이츠카의 등을 민다.

"하지만, 전 여기서 사촌 동생을 기다려야."

"빨리 타세요. 긴급 사태입니다."

엄격한 목소리로 재촉한다.

"하지만,"

목소리는 냈지만, 따르지 않을 도리가 없어 보였다. 이츠카가 올라타자 밖에 있던 대원 두 사람도 마저 타고, 뒷문이 닫히고, 구급차는 곧바로 달리기 시작했다.

"이름은 말할 수 있겠습니까? 이 손가락이 몇 개인지 아시겠어요?"

구급대원이 할머니에게 말을 걸고 있다. 그리고 사이렌—. 듣는 사람을 불안하게 만드는 그 소리는 확실히 들리는데 차 안은 기묘하게 조용하다. 이윽고 할머니가 헛구역질을 하기 시작한다. 대원이 내민 핑크색 용기에 뭔지 모를 것을 토했다.

개는 무사히 붙잡았지만, 레이나는 자신이 지금 어디에 와 있는지 분간할 수 없게 되고 말았다. 넘어졌을 때 부딪힌 왼쪽 무릎에 심하게 멍이 들어 있었다. 하지만 청바지가 찢어지지 않아서 다행이라고 레이나는 생각한다. 좋아하는 스트레치 진이다. 남의 아파트 바깥 계단에 걸터앉아 멍든 부위를 살펴보고 나서 숨을 고른다.

"꽤나 멀리까지 도망쳐 왔구나."

개에게 일본어로 말을 걸었다.

"다리도 짧은데."

갈색 닥스훈트는 무서워하는 기색도 없이 레이나를 보고 고개를 갸우뚱거린다. 윤곽이 또렷한, 건강해 보이는 까만 눈동자. 강아지는 아니지만, 아직 어려 보이는 개다.

"이츠카짱한테 돌아가야 해."

레이나는 개를 향해 말하고 일어섰다. 빨간 가죽 리드 줄(목걸이와 세트다)을 단단히 고쳐 쥔다. 사촌 언니에게 전화하고 싶었지만, 멍청하게도 휴대 전화는 버스 터미널 물품 보관함에 넣어 둔 짐 속에 있었다.

"우선, 유클리드 거리를 찾자."

왔던 길을 순서대로 더듬어 나가면 된다. 거의 기억나지 않지만, 걷다 보면 생각이 날지도 모른다.

결국 두 번이나 사람들에게 물어봐야 했다. 유클리드 거리는 어느 쪽입니까. 사람들에게 물어서 간신히 찾던 길로 나온 후에도, 아까 그 장소를 찾느라 또 애를 먹었다. 레스토랑 '로라'에서 골목을 내려와 큰길로 나가는 지점—.

도중에 신문 판매대가 보이기에 레이나는 물을 사서 마신 후

개에게도 먹여 주었다. 그리고 다시 걷는다. 자연식품점, 구두 수선점, 카페, 모자 가게. 어느 것 하나 본 기억이 없다. 넓은 길을, 사람들은 모두 목적을 가지고 시원시원하게 걷고 있다. 자기 자신이 지금 어디에 있고 어디로 향하고 있는지 충분히 잘 알고 있는 사람들—. 서점, 신사복 매장, 은행, 그리고 신호등.

"여기다!"

아까 자전거가 할머니를 치고 개가 달아난 장소가 여기라는 자신은 있었다. 왼편의 조용한 골목길, 크림색과 연두색으로 칠해진 건물, 색깔이 예쁜 거리라고 레이나가 생각했던 장소—. 하지만 거기에 이츠카짱의 모습은 없었다. 할머니의 모습도. 그렇다기보다, 골목길에는 아무도 없다.

"왜지?"

레이나는 갑자기 불안해졌다. 이츠카짱은 반드시 기다리고 있어 줄 거라고 생각했었다.

"왜지?"

자신의 목소리가 가냘프게 들린다. 레이나는 개를 안아 올렸다. 개의 몸은 따뜻하고, 데친 풋콩 비슷한 냄새가 났다.

생각해야 해. 레이나는 생각한다. 어떻게 해야 좋을지, 생각해야 해. 심야 버스 티켓은 사 두었으니, 최악의 상황이 와도 밤에 버스 터미널에 가면 이츠카짱을 만날 수 있을 거야. 하지만 그때까지 혼자 있기는 싫었다. 이츠카짱은 걱정하고 있겠지. 화내고 있을지도 몰라. 레이나를 찾아서 돌아다니고 있을지도 모르고. 하지만 어딜? 게다가 이 개를 어떻게 하면 좋을까.

그때 그것이 눈에 들어왔다. 피? 레이나는 개를 안은 채 천천히 다가간다. 콘크리트 포장도로에 반은 마르고 반은 스며든 피가 남아 있었다.

"큰일 났다."

레이나는 개의 머리에 뺨을 갖다 대고 말했다.

"네 주인, 죽었을지도 몰라."

할머니—미시즈 조안나 패터슨—는 지금 정밀 검사를 받고 있다. 제복을 입은 경찰관 두 사람이 신분증명서 제시를 요구하자 이츠카는 내심 겁을 먹었—아마도 자신과 레이나 때문에 수색 요청이 들어갔을 테고, 잘은 모르겠지만 미국 전역의 경찰 컴퓨터 시스템 같은 것이 바로 반응해서 지명 수배범이나 뭐 그런 것처럼 연행될지도 모른다고 생각했다—지만, 사촌 동생과 둘이서 여행 중이라는 설명은 순조롭게 받아들여졌고, 여권도 바로 돌려받았다. 그래서 목격한 사고의 앞뒤 상황을, 묻는 대로,

이츠카는 가능한 한 설명했다. 달려가 버린 뺑소니범에 대해서는 화려한 무늬의 헬멧을 쓰고 있었다는 것(화려하다는 단어를 몰랐기에 컬러풀이라고 묘사하는 수밖에 없었다)과, 스포츠형 자전거를 타고 있었다는 것, 백인이고, 어려 보이는 남자아이—아마도 틴에이저—였다는 것밖에 기억나지 않는다. 그리고 도망가기 전에 그가 할머니를 힐끔 쳐다봤다는 것—. 그래도 이츠카는 어쨌든 수사에 협력해야 하니, 기억나는 것들을 전부 이야기했다.

그리고 할머니가 무사히(는 아니지만) 의사의 손에 맡겨진 지금, 걱정되는 것은 레이나였다. 아무리 전화를 걸어도 연결이 되질 않는다. 무슨 일이 일어난 게 틀림없었다. 그렇지 않은가. 그때부터 벌써 두 시간도 더 지났다. 개를 붙잡았든 붙잡지 못했든, 본인이 잘 있다면 전화를 걸어올 터이다. 차에 치였을지도 모른다는 생각이 이츠카에게 들러붙어 떠나지 않고, 더구나 그 생각은 1분마다 점점 더 현실감 있게 다가온다. 이 장소 때문인지도 모른다. 구급 병동 대합실에는 불안한 낯빛을 한 사람들이 일어섰다 앉았다 한다. 실려 온 환자며 부상자의 가족이나 친구들일 테지. 작은 소리로 짧은 말을 서로 나누고, 격려하듯 한 사람이 다른 한 사람의 등을 토닥이거나 손을 붙잡기도 한다. 어딘가 다른, 하지만 이곳과 비슷한 병원에 지금 레이나가 실려 가 있다면 어쩌지. 그런 생각이 들자 턱밑까지 공포가 차올라 어찌할 바를 몰랐다.

"저기."

이츠카는 한 경찰관을 붙잡고 말해 본다.

"이제 가도 되겠습니까? 저는 사촌 동생을 찾아야 해요."

"아뇨, 조금 더 기다려 주십시오."

남미계인 듯한 그 경찰관은 부드러운 어조로 대답했다.

"하지만."

대체 뭘 기다리는 건지 알 수가 없었다. 경찰관은 그 이상 상대해 주지 않고 분주히 방을 드나든다. 처음엔 두 사람이었는데, 어느새 세 사람이 되었다. 여성 구급대원이 말했듯이 이건 긴급 사태이고, 사고이고, 사건인 것이다. 달리 할 일이 없어 이츠카는 주위를 둘러본다. 부드러운 파우더블루색으로 칠해진 벽, 구석에 놓인 테이블과, 자유롭게 이용하라는 문구가 적힌 카드, 수도꼭지가 달린 물탱크와 종이컵. 보험 가입을 권유하는 포스터(여기서 권유해 봤자 늦은 거 아닌가, 하고 이츠카는 생각했다) 속에는 행복하고 건강해 보이는 커플이 미소 지으며 서로를 마주 보고 있다.

이츠카는 다시 한번 레이나의 휴대 전화에 전화를 건다. 받아,

하고 간절히 빌었다. 부탁이니까, 레이나, 받아. 그러나 전화는 신호음조차 울리지 않고, 전파가 닿지 않는다는 취지의 쌀쌀맞은 영어 안내 음성만 들려올 뿐이었다. 크리스가 여기 있어 주었다면, 하는 생각이 저절로 들었다. 크리스는 어른이고, 이 나라 사람이니까, 어떻게 하면 좋을지 알 텐데. 그에게 여기 일을 맡기고 이츠카는 레이나를 찾으러 갈 수 있다. 아니면 그 반대여도 좋다. 이츠카가 여기에 남고, 크리스가 레이나를 찾아봐 주는 것도.

무얼 기다리고 있는지 모르는 채 시간만 흘러간다. 방에 있던 남성 둘이 의사에게 불려갔다. 인원수가 점점 늘어나는 것처럼 보였던 가족은 어느새 부모인 듯한 두 사람만 남기고 사라졌다. 오후 4시. 이 방에는 창이 없지만, 바깥은 이미 어두워지고 있을 터이다. 레스토랑을 나온 때가 1시 넘어서였으니, 레이나가 사라진 지 세 시간이 다 되어 가는 셈이다. 문이 열리고, 처음 보는 경찰관이 들어왔다. 네 명째다, 라고 생각했을 때 그 경찰관을 뒤따라 체구가 작은 여자아이가 들어왔다. 레이나가.

레이나!

목소리는 나오지 않았다. 이츠카는 그저 우뚝 선 채로 레이나—아무 탈 없이 멀쩡하게 걷고 있는—를 바라보았다.

"이츠카짱!"

레이나는 놀란 기색이었다.

"다행이다—."

기쁜 듯이 말하며 달려와 이츠카를 부둥켜안는다.

"왜 여기 있는 거야?"

그리고 물었다. 그건 내가 묻고 싶은 말이야, 라고 생각했지만 역시 소리가 되어 나오진 않았다.

"레이나."

이츠카는 가냘프게 중얼거렸다. 압도적인 안도감이 찾아온다.

"사람 걱정되게. 왜 갑자기 뛰어나간 건데."

화내는 투가 된 건 공포의 여운이 남아 있었기 때문이고, 이츠카는 레이나의 머리칼을 확(하지만 아프지 않을 정도로) 잡아당기고 다운재킷을 몇 차례 두드리며 그 여운을 떨쳐 냈다.

"하지만, 개가—."

레이나는 설명했다. 달아난 개를 붙잡은 것, 돌아와 보니 이츠카가 없었던 것, 근처를 돌아다니며 찾았지만 찾지 못했고, 대신 순찰차가 눈에 띄어서 할머니에게 개를 돌려줄 생각에 경찰관에게 사고 이야기를 한 것, 그 경찰관이 무선으로 병원 위치를 알아내서 여기로 데려다준 것.

"그러니까, 순찰차에 타 봤다고, 태어나서 처음으로."

레이나는 그렇게 이야기를 매듭지었다.

"그래서, 개는?"

나는 태어나서 처음으로 구급차를 탔어. 그런 생각을 하면서 이츠카가 묻자,

"순찰차 안에."

라는 대답이 돌아왔다.

"병원에는 데리고 들어오면 안 된대."

엄청 귀여워, 하고 레이나는 말을 잇는다.

"순찰차를 타고 오는 내내 레이나한테 딱 달라붙어 있었어. 경찰 아저씨가 쓰다듬으려고 손을 내밀었더니, 깜짝 놀라서 온몸을 움츠리더라니까."

"Ms."

여성 간호사가 출입구에 서서 이츠카를 불렀다. 반소매 셔츠에 바지로 구성된 하늘색 근무복을 입고 입었는데, 난방이 된다고는 해도 춥지 않을까, 하고 이츠카는 생각했다. 복도로 나가자 따라오라고 했다. 패터슨 씨가 만나고 싶어 한다면서.

병실에는 침대가 네 개 놓여 있는데 전부 비어 있었다. 여기서 기다리라는 말을 듣고 레이나와 둘이서 기다리고 있으려니, 할머니가 이동식 침대에 실려 왔다.

"우리 개는?"

입을 열자마자 이츠카에게 묻는다. 말하는 것만으로도 고통스러운지 미간에 주름이 잡혔다.

"이 아이가 찾았습니다. 개는 괜찮습니다."

이츠카는 레이나를 앞으로 밀며 대답한다. 할머니는 간호사 두 사람의 도움을 받아 이동식 침대에서 병실 침대로 옮겨졌다(착지하는 순간, 다시 미간에 주름이 잡혔다). 머리에는 붕대가 감겨 있고, 목에는 깁스를 하고 있다.

"데려와."

가냘픈, 하지만 또렷한 어조로 할머니는 말했다.

"안 됩니다. 그건 허락해 주지 않아서요."

레이나가 대답하고,

"하지만 경찰 아저씨가 보호해 주고 있으니까, 그 아이는 이제 안전해요."

라고 덧붙였는데도, 할머니의 대답은 어째선지 "노."였고, "데려와."가 다시 반복되었다. 좀 전에 이츠카를 부르러 왔던 간호사가 "자, 자, 안정을 취하셔야 해요." 하면서 "개는 잘 있습니다." 하고 보증했다. 경찰관 두 명이 들어오면서 병실 안이 혼잡해지기 시작하자, 할머니가 갑자기 모두 나가 달라고 말했다. 이츠카만 남고 모두—.

병원 바깥은 파르스름한 저녁이었다. 주차장 주위에는 나무들이 심어져 있고 암녹색 상록수의 박하 같은 냄새가 난다.

병실에서 쫓겨난 레이나는 개의 상태가 마음 쓰여서 경찰 아저씨와 함께 순찰차로 돌아왔고(개는 레이나를 보더니 꼬리를 흔들며 반기고, 문을 열자 뒷다리로 서서 얼굴을 핥았다), 이 애가 무사해서 다행이라고 생각했다. 침대에 누운 할머니는 상태가 매우 안 좋아 보였다. 그렇잖아도 나이가 많아서 비칠비칠한데 그런 사고까지 당하다니 무서운 일이다. 포장도로에 남아 있던 핏자국의 기억이 되살아나고, 레이나는 몸서리를 친다. 사고, 병원, 붕대, 깁스. 너무 가엾다.

"Officer."

레이나는 개를 안아 올리고 경찰 아저씨에게 말했다.

"이 아이를 아주 잠깐만, 할머니께 보여 드리면 안 될까요? 이렇게 해서—."

말하면서 레이나는 개를 다운재킷 안쪽에 넣고—몸통밖에 들어가질 않아서 얼굴은 레이나의 얼굴 앞으로 쑥 내민 상태였지만—, 재킷 위로 개의 엉덩이를 단단히 받쳐 보였다. 개는 가만히 있는가 싶더니 레이나의 턱을 핥기 시작했다.

"그만해. 간지러워. 얌전히 있어."

영어로 말해도 효과가 없었다. 경찰 아저씨가 웃더니,

"이리 줘 봐."

하며 순찰차 뒷좌석에서 남색 윈드브레이커를 꺼낸다.

"그 애를 숨기기엔 너는 너무 작아."

POLICE라고 쓰여 있는 윈드브레이커를 입더니, 개를 리드줄째 그 안에 쏙 집어넣었다.

(멍멍아, 가만히 있어. 아주 잠깐이면 되니까 가만히 있어)

레이나는 마음속으로 개에게 영어로 계속해서 이야기한다. 실제로 소리 내어 말하면 개가 반응해서 흥분할지도 모르니까.

(그래, 착하지, 착해, 착해)

세 명(이랄까, 두 사람과 한 마리)이서 걸으면서, 개가 날뛰지는 않을지, 그렇지 않더라도 누군가 불러 세우기라도 하면 어떡하나 싶어 레이나는 가슴이 조마조마했다. 어느 누구하고도 눈을 마주치지 않으려 조심하면서 아무렇지 않은 척 잰걸음으로 걸었다. 반면에 경찰 아저씨는 침착하기 이를 데 없다.

"요즘, 배가 좀 나와서 말이야."

한 팔로 개를 받치면서 레이나에게 그런 농담까지 했다.

엘리베이터 앞에는 사람이 여럿 있었다. 조금 떨어져서 기다리다 엘리베이터 문이 열리는 것을 확인하고 나서 다른 사람들 틈에 섞여서 탔다. 착한 애니까 가만히 있으렴. 착한 애니까. 소리는 내지 않고 마음속으로 주문처럼 되풀이한다.

4층에 도착하여 문이 열리자, 레이나는 앞을 향해 빠른 걸음으로 걸었다. 혹시 이상하게 여기는 사람이 있더라도 말 붙이기 힘든 분위기를 내려고.

드디어 병실에 도착해 보니, 이츠카짱 외에 경찰이 두 명 있었고, 할머니에게서 이야기를 듣는 중이었다. 레이나는 야단맞을 각오를 하고서 침대로 다가간다.

"개, 데려왔습니다."

말을 건네고, 경찰 아저씨가 품에서 그 녀석을 꺼내는 모습을 모두 지켜보았다.

"구르망!"

할머니는 감격에 찬 목소리를 냈다. 마치 몇 년 넘게 헤어져 있었던 것처럼 개를 끌어안았다. 하지만 흥분한 개는 가만히 안겨 있으려 하지 않고, 굴을 팔 기세로 침대 시트를 박박 긁는가 하면 주인의 몸에 얼굴을 문질러대고 킁킁거리며 의심스레 깁스 냄새를 맡기도 했다. 할머니는 아무 말 없이 그 모습을 지켜보았다.

눈물이 글썽한 채.

"감사합니다."

그리고 레이나에게 말했다. 고마워, 가 아니라, 감사합니다, 라고.

레이나의 예상과 달리, 옆에 있던 경찰들은 화내지 않았다. 그 중 남자 경찰이 개를 안아 올리며,

"안 돼. 할머니한테는 휴식이 필요하니까."

하고 부드럽게 말을 걸었지만, 쫓아내진 않았다.

"구르망……. 남자아이인가요?"

여자 경찰은 그렇게 묻더니, 동료에게서 개를 받아들고 구르 구르 구르 하며 자기 마음대로 이름을 줄여서, 갓난아기를 어르듯이 불렀다. 어째선지 개가 여자애라고 믿고 있던 레이나는 조금 전까지 Good girl, good girl을 되풀이하고 있었기에 문득 개한테 실례를 범한 것 같은 기분이 들었다.

그렇게 병실 공기는 어느새 부드러워졌는데도 이츠카짱만은 말없이 난감한 표정을 짓고 서 있다. 무언가 말하고 싶은데 말할 수 없다는 듯한 얼굴. 원래 말수가 그리 많지 않은 사촌 언니지만, 이런 침묵은 평소의 과묵함과는 다르다는 걸 레이나는 알 수 있었다.

"왜 그래?"

물어본 레이나에게는 대답하지 않고,

"미시즈 패터슨,"

하고, 할머니에게 말을 건다. 침대 등받이는 이미 눕혀져 있고, 할머니는 머리를 다시 베개에 대고 눈을 감고 있었다. 얇아 보이는 눈꺼풀이 희미하게 떨린다.

"미안해요. 피곤하네. 게다가 속이 메스꺼워."

"하지만,"

이츠카짱은 포기하지 않고 말했다.

"하지만, 정말로 그렇게 하기를 바라시는 겁니까?"

할머니는 떨리는 눈꺼풀을 들어 올렸다. 쭈글쭈글한 피부에 둘러싸인, 한낮의 하늘처럼 물빛을 띤 자그마한 눈.

"그래요. 부탁했으니까."

"자, 이제 좀 쉬게 해 드려야."

처음에 구르망을 안아 올렸던 남자 경찰이 말하고, 다 함께 줄줄이 병실을 나선다.

"방금 그 말 뭐야? 할머니가 뭘 부탁했는데?"

물었지만, 이츠카짱은 뭔가 생각에 잠긴 표정으로, 이번에도 아무 대답하지 않았다.

바깥은 어두워져 있었고, 경찰 아저씨가 차로 바래다주기로 했다(그래서 레이나는 또 순찰차에 탔다). 당연히 처음 탔던 장소 근처—번화한 거리—에 내려 주겠거니 싶었는데, 그게 아니라 사고가 났던 언덕길 위의, 좁은 길들이 뒤얽힌 조용한 주택가에 내려 주었다.

"여기, 어디야?"

중얼거렸지만 대답이 없었기에 그것은 레이나의 혼잣말처럼 되고 말았다.

"Thank you, girls."

"Take care."

경찰들은 제각기 말하고(한 사람은 레이나에게 경례 포즈를 취하고) 떠나갔다. 장식미를 살린 연철 철책과 가로등, 건물이라곤 고급스러워 보이는 아파트들뿐이고, 상점은 물론 평범한 단독 주택도 하나 없다. 공기는 차갑고, 완연히 밤의 색을 띤 하늘에는 별이 딱 하나 깜박이고 있다.

"저기, 이츠카짱, 여기 어디야?"

사촌 언니는 구르망을 품에 안고 있었다.

"미시즈 패터슨의 집."

이츠카짱은 대답하고 나서 개를 땅바닥에 내려놓더니 리드 줄을 레이나에게 쥐여 주었다. 배낭을 가슴 앞으로 돌려 메고 안에서 무언가 꺼낸다. 종이와 열쇠다.

"잠시 동안 여기서, 구르망을 돌봐 달래."

종잇조각을 레이나에게 건네고, 철책 안쪽으로 들어가면서 말한다.

"화분에 물도 주래. 그것 말고도 여러 가지."

"거짓말."

황급히 따라가면서 레이나가 입 밖으로 내뱉자,

"진짜야."

하고, 이츠카짱은 대답했다.

"숫자, 읽어 봐."

종이 맨 위에 579M2# 이라고 쓰여 있고, 레이나가 그대로 읽어 주자 이츠카짱은 현관 도어락 버튼을 눌러 잠금장치를 해제했다.

"하지만 시카고는? 우리, 오늘 밤 시카고로 가는 거잖아?"

넓은 현관은 검은 대리석(아마도) 바닥이 반들반들하게 닦여 있고, 중앙의 테이블에는 화려한 꽃이 장식된 커다란 꽃병이 놓여 있다. 천장 전등 외에 플로어 램프도 있는데 갓들이 하나같이 너무 장식적이어서인지 조금 어둑어둑했다.

"뭔가, 침입자 같아."

이츠카짱에게 팔짱을 끼면서 말했다. 아무도 없고, 생활감도 없다. 하지만 호텔과는 확연히 다른, 개인(들)의 프라이빗한 공간이라는 기운이 느껴졌다. 구르망은 총총총 앞으로 나아간다.

"이 아이한테는 집인 거구나."

레이나는 말하고, 그렇게 생각하니 침입자라는 불온한 느낌이 조금은 가셨다.

종이에는 도어락 해제용 숫자 외에도 떨리는 필적으로 몇 가지 지시 사항이 쓰여 있었다. 화분(도합 7개) → 흙이 마르지 않을 정도로라든가, 개 산책 → 하루에 두 번(합쳐서 1시간 이상이 되도록)이라든가. 우스운 건 '미라벨 → good, 스튜어트 → not good, 코그웰 → inbetween'이라는 표기였는데, 이츠카짱에 따르면 그것들은 같은 아파트 주민들에 대한 미시즈 패터슨의 평가란다. 메모는 계속해서 세세하게 이어지고, 맨 밑에 큼직한 글자(게다가 밑줄까지 긋고)로 NO SMOKING, NO PARTY라고 쓰여 있었다.

레이나가 구르망을 데리고 병실로 돌아올 때까지 그 짧은 사이에 미시즈 패터슨은 이츠카짱에게 그것들을 전부 지시했다는 거다.

"아들한테도 딸한테도 이미 연락이 갔으니, 누구든 달려올 때까지만이래."

지시받은 대로 강아지용 급수기에 얼른 물을 보충하고 나서 이츠카짱이 말했다.

"아들은 디트로이트에, 딸은 몬트리올에 살고 있대."

구르망이 급수기로 돌진한다. 혀가 물을 떠 올리는 할짝할짝 소리와 기구 앞에서 금속 밸브가 내는 짤깍짤깍 소리. 레이나는 곁에 쭈그려 앉아, 개의 온몸에서 발산되는 사랑스러움과 홀쭉한 생김새에 눈을 빼앗겼다. 주인 없는 집 안에서 낯선 동양인 여자애들의 눈길을 한 몸에 받으며, 그래도 어엿하게 혼자서 물을 먹고 있다니 훌륭하다, 하고 생각한다.

"디트로이트 쪽이 가까우니까, 아마도 아들이 먼저 올 거라고 했어."

"흐음."

레이나는 맞장구를 치고 미시즈 패터슨의 부엌을 둘러본다. 무척 청결한 부엌이다. 밖에 나와 있는 건 하나도 없고, 싱크대도 카운터도, 커다란 은색 냉장고도 반짝반짝했다.

"메모에는 안 쓰여 있지만, 전화는 받지 말래."

이츠카짱이 계속한다.

"손님용 침실을 쓰면 된대. 욕실도 써도 되고, 부엌에 있는 건 먹어도 된대."

"응."

레이나는 말하고, 의자에 앉아 무릎을 끌어안았다. 미시즈 패터슨이 여기서 식사하지 싶은 작은 테이블에는 선명한 노란색 천 클로스 위에 투명한 비닐 클로스가 한 겹 더 깔려 있다.

"내일, 병원에 또 와 달래."

"응."

남의 집에 있다고 생각하니 어쩐지 편치 않았다.

"그때, 침실에 있는 파란색 가운을 가지고 와 달래."

물을 다 마신 구르망은 부엌을 나갔다.

"그리고, 아들이 와도, 아들이 하는 말은 듣지 말래."

응, 하고 말하려다, 그건 이상한 주문이란 생각이 들었다.

"어?"

그래서 되물었다.

"무슨 뜻이야?"

"몰라."

이츠카짱은 어깨를 으쓱해 보인다.

"아마도, 별로 사이가 좋지 않은 거 아닐까."

"그런 거야?"

"잘 모르겠지만, 아마도."

아들 이야기를 할 때 미시즈 패터슨이 얼굴을 찌푸렸다고 이츠카짱은 말했다. 미간을 찡그리고 눈을 가늘게 뜨고서 마땅찮은 듯한 표정을 지었던 모양이다.

"하지만, 아들은 바로 올 거라고 했어. 달려올 거라고."

"……흐음."

레이나는 대답한다. 무슨 사정인지는 모르겠지만, 그건 우리와는 상관없는 일이다.

"아파트 안을 탐험해 볼래?"

레이나가 그렇게 제안한 까닭은 불안해서였다. 집 안에 자신들(과 구르망) 외에는 절대 아무도 없다는 사실을 확인하고 싶었다. 도깨비를 무서워할 나이는 이미 지났지만, 그래도—.

"응. 그러자."

이츠카짱은 찬성해 주었다.

"그런 다음 버스 터미널에 가서, 로커에 넣어 둔 짐을 찾아와야 해. 티켓 환불도 해야 하고."

"그리고 밥도 먹어야지."

레이나가 덧붙였다. 많이 달린 탓인지 엄청 배가 고팠다.

기사카 우루우가 딸이 남긴 메시지를 알아차린 건, 컨트리클럽 주차장에 세워 둔 자신의 차로 돌아왔을 때였다. 귀에 갖다 댄 휴대 전화에서 사춘기 이전 여자아이 특유의 때 묻지 않은 목소리가 들려왔다. 하필이면 왜 오늘 아침이지? 운이 없달까, 타이밍이 꽝이라는 것이 우루우가 맨 처음 느낀 감정이었다. 우루우는 평소 휴대 전화 전원을 좀처럼 끄지 않는다. 업무 연락도 최근엔 사무실이 아니라 개인 전화로 올 때가 많고, 어쨌든 신속하게 대응할 수 있는 것이 중요하다고 여기기 때문이다. 따라서 회의 중에는 물론이고 접대차 보러 가는 연극이나 콘서트 도중에도 무음 모드로 해 둘지언정 전원은 끄지 않기로 하고 있다. 그런데 오늘 아침엔 접대 골프가 있었고, 휴대 전화를 싫어하기로 유명한 상사—진동음만 나도 노골적으로 헛기침을 하며 전화기 주인을 노려본다—가 내내 같이 있었기 때문에 우루우는 자기 나름의 주의를 꺾고 라운딩 중에만 전원을 꺼 두었던 것이다.

"아빠? 레이나."

딸이 남긴 메시지는 그렇게 시작됐다.

"걱정 끼쳐서 미안해."

시작은 기특했지만, "하지만"이 이어진다.

"하지만, 레이나도 이츠카짱도, 정신 똑바로 차리고 착실하게 여행하고 있어."

핵심을 한참 벗어난 딸의 발언에 우루우는 거의 놀라 자빠질 지경이다. 멋대로 여행을 하고 있다는 것 자체가 문제이지, 어떤 식으로 여행을 하고 있느냐는 문제가 아니다. 정신 똑바로 차리고 착실하게 여행하고 있다, 라는 것이 어떤 의미든 간에.

"끝나면 돌아갈 테니까, 기다리고 있어."

뭐가 끝나면이란 건지 알 수가 없었다.

"키스와 허그를 보냅니다."

이 대목에서 딸은 정말로 쪽, 하고 소리를 낸다.

"그럼, 또 할게."

어이, 잠깐만, 하고 말하고 싶었지만, 녹음된 메시지가 상대인 이상 어쩔 도리가 없다. 우루우는 전화기를 폴로셔츠 가슴 주머니에 집어넣었다. 화창한 오후다. 맨해튼으로 돌아가 62번지의 포장마차에서 치킨 오버 라이스라도 테이크 아웃해서 사무실에 들를 생각이었는데, 마음이 바뀌어서 우루우는 지나는 길에 있는 카페에 들어갔다. 조용한 장소에서 다시 한번 딸의 목소리를 듣고 싶었다. 영 빗나간 데다 지나치게 짧은 메시지인데도.

레이나가 사라진 지 한 달이 다 되어 간다. 우루우는 그 사실이 믿어지지 않았다. 아내의 태도도—.

"그 아이들, 뉴햄프셔주에 있는 것 같아."

그 말을 하면서 아내는 왠지 즐거워 보였고 미소까지 짓고 있었다.

"부츠랑, 장갑이랑, 언더셔츠를 샀대."

마치 그것이 좋은 일인 듯한 말투였다. 처남인 미우라 신타로가 이츠카에게 쥐여 준 신용 카드로 알아낸 정보지만, 그 카드 덕택에 두 아이는 이렇게 한없이 여행을 하고 다닐 수 있는 거였다. 아이에게 그런 거금을 쥐여 주다니, 아무리 생각해도 비상식적이다.

"한 가지 조언을 드려도 되겠습니까?"

젊은 남미계 경찰의 시건방져 보이는 얼굴이 떠올랐다.

"따님들이 하루빨리 돌아오길 바라신다면, 신용 카드를 정지시키세요."

그런 애송이조차도 아는 것을—. 우루우는 신타로를 싫어하지는 않지만, 분노가 끓어오르는 것 또한 사실이었다. 유괴당한 것도 가출을 한 것도 아닌데 딸들을 데리고 돌아오지 못한다는 건 부모로서 무능하고 부끄러운 일이며, 이래서는 원래부터 문제 있는 가정이었다는 소리를 듣는다 해도 할 말이 없다.

녹음된 딸의 목소리를 반복해 들으면서 우루우는 암담한 기분이 든다. 테이블에 나온 치킨 샐러드는 예상했던 것 이상으로 거대하고, 포크를 댈 때마다 보울 밖으로 채소가 넘쳐 떨어진다.

다음 주 월요일에는 회사에 오후 반차를 내고 레이나가 다니는 중학교에 가기로 되어 있다. 담임과는 리오나가 이미 몇 차례 이야기를 했지만, 이번에는 교장과의 직접 면담이고 부모 두 사람이 다 불려 간다. 우루우는 대체 왜 자신이 그런 불명예를 떠안아야 하는지 알 수가 없었다.

뭔가 단단한 것을 세게 긁는 듯한 소리에 눈이 떠지자마자 이츠카는 그곳이 호텔이 아님을 기억해 냈다. 미시즈 패터슨의 아파트에 있는 손님용 침실은 볕이 아주 잘 들고, 커튼이 얇은 탓도 있겠지만 온 주위가 양달 느낌이다. 이츠카가 일어나자 이불이 둘둘 말리고 옆에서 레이나가 꾸무럭꾸무럭 몸을 웅크렸다.

"눈부셔. 꽤 늦은 시간인지도."

잠에서 막 깬, 눅눅하고 무거운 목소리로 이츠카는 자고 있는 사촌 동생에게 말하고, 남의 집인데도 숙면하고 말았다는 데에 놀란다. 작은 라이팅 데스크, 엉덩판이 비로드로 된 의자, 커다란 목제 양복장, 레몬 나무를 그린 섬세한 판화. 방을 둘러본 이츠카는 침대 커버가 바닥에 떨어져 있음을 알아챈다. 어젯밤 레이나에게 감격을 안겨 주었던, 정성이 깃든 패치워크 커버다.

득득득 하고, 단단한 것을 세게 긁는 소리—.

"구르망!"

문을 열자, 닥스훈트는 이츠카의 발치를 빠져나가 곧장 침대로 달려갔다. 애달프게 끙끙댄다. 다리가 너무 짧아서 뛰어오르지 못하는 것 같기에 안아 올려 주자, 개는 금세 레이나를 깨우는 데 성공했다. 얼굴을 연신 핥고, 비명 섞인 웃음소리를 내게 함으로써.

배변 판을 갈아 주고 여기저기 창문을 열어 환기를 시킨다. 화분 일곱 개를 돌아보고 흙이 말라 있는 것에만 물을 주었다. 구르망에게 사료와 둥글게 자른 오이(그것이 미시즈 패터슨의 지시였다)를 먹이고 나서, 이츠카는 자신들의 아침 식사 준비에 들어갔다.

달걀도 오렌지도 식빵도 어젯밤에 자신들이 사다 놓은 것이긴 했지만, 부엌에 서서 냉장고를 여닫고 토스터를 사용하고 그릇을 꺼내 쓰고 있으려니, 마치 원래부터 여기 살고 있는 사람이 된 듯한 기묘한 느낌이 들었다.

"세탁기 써도 될 것 같아?"

방금 샤워를 마치고 나와서 젖은 머리에 피부가 매끈매끈한 레이나가 물었다.

"건조기도 딸려 있어서, 널지 않아도 될 것 같은데."

그 부분에 대한 미시즈 패터슨의 지시는 없었다.

"으음, 글쎄."

그래서 이츠카는 그렇게 말하긴 했지만, 결국,

"괜찮지 않을까, 아마도."

라고 대답했다. 자신들이 사용한 손님용 침실의 시트와 베개 커버도 이 집을 나가기 전에 빨아 두는 편이 나을 것 같았기 때문이다.

"와—. 기계로 제대로 세탁할 수 있다니 기쁘다. 이츠카짱 것도 같이 빨아 줄게."

레이나가 그렇게 말하고 갓 자른 오렌지에 손을 뻗었을 때 현관 벨이 울렸다. 구르망이 컹컹 짖으며 현관으로 돌진한다. 이츠카는 레이나와 눈을 마주 보았다.

"아들인가."

레이나가 말하고,

"그럴지도."

라고 대답하기 무섭게 이츠카는 긴장했다. 벨이 또 한 번 울린다.

이츠카는 레이나가 구르망을 안아 올리는 것을 확인하고 나서 문을 열었다. 문밖에 서 있던 사람은 여성이었고, 이츠카와 레이나를 보고 놀란 얼굴을 했다.

"조안나 있어?"

어색하게 웃는 얼굴을 지으며 그렇게 물은 여성은 위로도 옆으로도 넉넉한 품새였고, 부드러워 보이는 스웨터와 스웨트 팬츠 차림에 운동화를 신고 있었다.

"미시즈 패터슨은 병원에 있습니다."

이츠카가 말했다.

"어제, 사고를 당해서."

여성은 눈을 휘둥그레 뜨고 숨을 들이쉬더니, "지저스." 하고 중얼거렸다.

"하지만, 그녀는 괜찮습니다."

옆에서 레이나가 덧붙인다.

"괜찮다고 해야 하나, 살아 있습니다."

여성은 미시즈 스튜어트라고 자신의 이름을 댔고(그래서 이츠카도 레이나도, 이 사람이 미시즈 패터슨의 'Not good'인 이웃임을 알았다), 조안나는 항상 일찍 일어나는데 현관 우편함에 조간신문이 꽂힌 채 그대로 있어서 걱정이 되어 와 봤노라고 설명했다.

"그래서, 당신들은 조안나의……?"

문장을 채 완성시키지 않고 묻는 말에 친척도 아무것도 아니라는 의미로 "노."라고 대답한 이츠카의 목소리와, "도그 키퍼입니다."라고 대답한 레이나의 목소리가 겹쳤다.

"도그 키퍼?"

되물은 미시즈 스튜어트의 목소리며 표정에 미심쩍어하는 기색이 역력했지만, 레이나는 전혀 개의치 않고,

"예스."

하며 생긋 웃는다.

"그런데, 무슨 관계지? 당신들 부모님과 조안나가 아는 사이신가? 그보다, 저어, 당신들은 한국인? 아니면……?"

미시즈 스튜어트는 또다시 문장을 완성시키지 않은 채 질문했다.

"일본인입니다."

이츠카가 대답하고,

"아드님이나 따님이 도착할 때까지 여기 있어 달라고 부탁받았습니다. 그리고, 저어, 개도 돌봐 달라고요."

라고 설명했다. 그 후로도 몇 가지 질문이 이어졌고, 이츠카는 어렵사리 영어를 짜 맞춰 가며 대답했지만(레이나는 "빨래하고 올

게."라는 말을 남기고 구르망과 함께 안으로 들어가 버렸기에), 미시즈 스튜어트는 마지막까지 납득이 가지 않는다는 표정 그대로, 아드님이나 따님이 도착하면 우리 집에 들러 달라고 전해 줘요, 하는 말을 남기고 돌아갔다. 그 뒷모습을 바라보면서 이츠카는 미시즈 스튜어트가 '걱정이 되어 와 봤다'고 말한 것치고는 미시즈 패터슨의 용태도, 입원한 병원 이름도 묻지 않았다는 사실을 깨닫는다. 마치 "살아 있습니다."라는 레이나의 설명으로 충분했다는 양.

늦게 일어나는 바람에 아침 식사와 세탁과 개 산책을 마친 후 '파란색 가운'을 챙겨 헬스라인이라 불리는 버스를 타고 병원에 도착했을 때에는 오후 3시가 되어 있었다. 구르망은 아파트에 남겨 두고 왔기에 누군가에게 야단맞을 걱정 없이 안으로 들어갈 수 있다는 사실이 레이나는 기뻤다. 어제는 낯선 장소였는데 건물 자체도 앞뜰도 주차장도 이미 친숙한 장소라는 느낌이 드는 것도.

이츠카짱은 오는 길에 산 작은 꽃다발을 들고 있다. 꽃송이가 여럿 달린 노란색 스프레이 장미로, 이츠카짱은 '부엌의 테이블 클로스가 노란색이니까', 미시즈 패터슨은 노란색을 좋아하는 게(아니면, 적어도 싫어하지는 않는 게) 틀림없다고 생각해서 그것을 골랐다.

병실 문은 열려 있었다. 남자 목소리가 나서, 미시즈 패터슨 외에도 누군가가 있다는 것을 알았다.

"안녕하세요."

레이나는 목소리를 내면서 들어가 보았다.

"몸은 좀 어떠세요?"

미시즈 패터슨은 침대에 누워 눈을 감고 있었다. 이제 링거는 달고 있지 않지만, 붕대와 깁스로 둘러싸인 자그마한 얼굴은 고통으로 일그러져 있는 것처럼 보인다.

"아, 너희구나, 어머니가 말한 여자애들이."

옆에 서 있던 남자가 말했다.

"고맙다는 인사를 해야겠군."

가까이 온다기보다, 레이나와 침대 사이를 가로막아 서는 것처럼 이동하며 미소 짓는다. 낮고 또렷한, 쩌렁쩌렁 잘 들리는 목소리다.

"여행 중이라고 들었는데, 폐를 끼치고 말았네. 짐은 가지고 왔나?"

아들이라는 걸 지금은 레이나도 알 것 같은 그 남자는 미소 지은 채 거듭 말한다. 백발이 많이 섞인 머리칼과 고급스러워 보이는 수트. 게다가 고급 백화점 1층 같은 냄새를 풍기고 있다.

"짐?"

레이나는 되묻고, 가운 이야기인가 싶어서 어깨에 메고 있던 천 가방에서 그것을 꺼냈다. 곱게 개어 슈퍼 봉투에 넣어 온 가운을.

"뭐지."

남자가 받아 들더니 내용물을 꺼냈다.

"이걸 가져다 달라고, 미시즈 패터슨이 부탁하셔서요."

"저기……."

이츠카짱이 입을 열었다.

"미시즈 패터슨의 상태는 어떠세요?"

"아, 괜찮아All right, 걱정 없어."

남자가 대답하자,

"노."

하는 목소리가 나고, 미시즈 패터슨이 눈을 뜨고 있었다.

"나는 조금도 올 라잇 하지 않아. 상태가 아주 나빠. 현기증이 심하고, 이명도 그치질 않아."

"어머니."

남자는 종종걸음으로 다시 이동하여, 미시즈 패터슨 머리 옆에서 몸을 숙인다.

"그러니까 주무셔야죠. 이 사람들 일은 제가 어떻게든 할 테니까."

"노."

미시즈 패터슨은 또다시 그렇게 말했다. 침대 핸들을 가리키며 등받이를 올리라고 아들에게 지시하더니,

"이 사람 이름은 리처드야."

하고 가르쳐 주었다. 그리고 아들에게라기보다 혼잣말처럼 중얼거린다. "통성명도 하지 않다니 무슨 실례야."

등받이가 조금씩 올라가는 동안 미시즈 패터슨은 미간을 찌푸린 채 눈을 꼭 감고 있었다.

"처음 뵙겠습니다."

레이나는 이름을 알게 된 아들에게 말했다.

"사고를 당하셔서, 정말 안타깝습니다."

"고맙군."

리처드는 그렇게 대답하면서도 레이나에게 눈길조차 주지 않았다.

"이 사람이 레이나고, 이 사람이 이츠카야."

다시 눈을 뜬 미시즈 패터슨이 말하고, 레이나와 이츠카짱을

번갈아 보면서 물었다.

“어젯밤엔 잘 잤고?”

푹 잘 잤다고 둘 다 대답하고, 이츠카짱은 미시즈 패터슨에게 장미꽃을 건넸다.

“고맙구나. 노란색은 내가 좋아하는 색이야.”

구르망이 잘 있다는 것과 세탁기를 썼다는 것, 그리고 미시즈 스튜어트가 찾아왔었다는 것을 보고하자, 미시즈 패터슨은 “다행이네.” 하며 미소 짓고, “아무 상관 없어.”라고 대답하고, 그저 얼굴을 찌푸렸다(순서대로).

“그럼,”

잘 울리는 반드르르한 목소리로 리처드가 갑자기 말했다.

“어제도 오늘도, 어머니가 신세 지게 된 것에 다시 한번 감사 인사를 하지. 아파트 열쇠를 돌려주면, 역까지 바래다줄게.”

아까 이 사람이 말했던 짐이란, 두 사람의 여행 가방을 가리키는 것이었나 보다. 레이나가 그걸 깨달았을 때 미시즈 패터슨이 오늘 들어 세 번째 “노”를 입에 올렸다.

“네가 아파트에서 잘 게 아니라면, 이 사람들이 묵게 해라.”

라고 아들에게,

“리처드는 일이 바빠서, 이제 디트로이트로 돌아갈 거야.”

라고 레이나와 이츠카에게 말한다.

"그렇게 하지 않으면 제 처가 화내거든. 이 사람, 공처가라서 말이지."

"어머니!"

리처드는 성을 냈지만 부정은 하지 않았다. 그 대신,

"생판 남을 집에 들일 수는 없잖아요?"

하고 말했다.

"신원도 모르는 애들이잖아요? 미국인도 아니고."

미시즈 패터슨은 아들을 완전히 무시했다.

"데어Dare라고 아니?"

레이나에게 묻는다.

병원 안에 있는 카페테리아는 널찍했고, 유리 너머로 뒤뜰이 내다보였다. 메마른 잔디, 바싹 마른 덩굴만 휘감겨 있는 등나무 시렁, 그리고 어린아이를 본뜬 석고상. 라지 사이즈 탄산수를 손에 든 리처드는 창가 테이블을 골랐다.

"그래서?"

자리에 앉자, 상냥하게 묻는다.

"그래서요?"

이츠카가 되물었다.

"요컨대……, 우리들이 어떻게 해야 하느냐, 그 말이지."

"모르겠습니다."

이츠카는 솔직하게 대답한다. 리처드가 사 준 커피―자기가 내겠다고 했지만, 리처드는 받아들여 주지 않았다―를 한 모금 마신다. 제멋대로네요, 당신 어머니. 마음속으로 말했다. 마치 그 말이 들리기라도 한 양, 리처드는 땅이 꺼져라 한숨을 쉰다.

"전부 다 크네."

옆에서 레이나가 일본어로 말했다.

"몸집도 제스처도, 손도 발도 한숨도, 이 사람은 전부 커. 심지어 탄산수까지."

하지만 그 커다란 리처드가 지금은 구부정하니 몸을 움츠린 채 작고 나약한 목소리로 이야기하고 있다.

"최대한 노력하면, 오늘 밤은 여기에 머무를 수 있어. 하지만 일이 있어서 내일은 아침 일찍 일어나 이곳을 떠나야 하고, 내일도 여기로 돌아올 수는 없어. 모레 밤이라면 어떻게 될지도 모르겠지만, 그 다음 날 아침에는 저쪽에 가 있어야 하고, 다음 주라면 아마 이틀 정도는―."

이츠카도 레이나도 대답을 하지 않았다. 그래서는 의미가 없다는 건 아까 병실에서 확실해졌고, 이 사람의 사정 따윈 둘에게는 아무려나 상관없기 때문이다. 문제는 미시즈 패터슨이 구르망을 동물병원에는 절대 맡길 수 없다고 우긴다는 점이고, 동물 알레르기가 있다는 리처드의 아내가 디트로이트 집에 구르망을 한사코 들이지 못하게 한다는 사실이다.

"캐나다에 있다는 여동생분은 언제쯤 오실 수 있는 겁니까?"

이츠카가 물었지만, 리처드의 대답은 "도통 모르겠어No idea."였다. I don't know가 아니라, No idea. 몇 번을 전화했지만 연결이 되지 않는 데다 그녀는 '그다지 믿음이 안 가는 사람'인 듯하다.

"그보다,"

레이나가 다시 일본어로 말했다.

"여기서 이 사람이랑 이야기해 봤자 아무 소용없잖아? 어두워지는 데다 배도 고프고, 구르망도 기다리니까 그만 돌아가자."

일본어를 모르는 사람 앞에서 일본어를 쓰는 건 예의가 아님을 알고 있는 레이나가 이렇듯 일본어를 쓰는 건 드문 일이었다. 리처드가 어지간히 마음에 들지 않은 것이리라.

"미시즈 패터슨에게 '데어'를 사 오겠다고 약속했으니까, 어차피 우리도 내일까지는 여기 있어야 하고."

그 말이 맞다는 생각이 들어서 이츠카는 리처드에게,

"그럼, 저희는 가 보겠습니다."

하고, 영어로 말했다.

"당신이 오늘 밤 그 아파트에 묵을 생각이시라면, 저희는 호텔에 묵겠습니다. 내일까지."

"그럼, 그다음엔?"

"시카고에 갈 겁니다. 버스로."

리처드는 눈에 보이게 안심하는 표정을 지었다. 다만 그것도, 레이나가 이츠카보다 훨씬 유창한 영어로,

"하지만 그럴 경우엔, 구르망도 호텔에 데려갈 거예요. 필요하다면 시카고에도."

라고 말할 때까지였다.

클리블랜드는 살기 좋은 도시다. 레이나는 노트에 그렇게 썼다. 미시즈 패터슨의 아파트, 손님용 침실의 침대에 배를 깔고 누워서. 바깥은 비가 내리고 있어서 춥지만, 실내는 건조하고 따뜻하고 쾌적했다. 바로 옆에는 펜을 쥔 레이나의 팔에 반쯤 기댄 자세로 구르망이 몸을 둥글게 말고 자고 있다. 글씨 쓰기는 힘들었지만, 팔에 느껴지는 무게며 털의 감촉이며 동물의 체온이 기분 좋아서 레이나는 구르망을 깨우지 않으려 될 수 있는 한 팔을 움

직이지 않고서 글자를 써 보려고 했다. 공공 교통기관이 충실하여 지하철과 일반 버스 외에 다운타운을 순환하는 트롤리버스가 충분히 갖춰져 있다는 점이며, 병원 스태프가 모두 친절하고 유능하다는 것(마리아라는 이름의 간호사와 레이나는 친해졌다), 엄청 좋은 마켓을 미시즈 패터슨이 가르쳐 주었다는 것도 썼다. 그 마켓은 붉은 벽돌로 지어진 크고 멋진 건물인데 아파트에서 가려면 레드라인으로 불리는 전철을 타고 강을 건너야 한다. 그때 보이는 경치가 또 기분 좋다. 구불거리는 강의 수면에 햇살이 반사되어 아른아른 반짝반짝 하늘하늘 빛난다. 마켓에는 독일 소시지며 프랑스 파테, 그리스 빵에 병조림, 스위스 치즈 등등 유럽의 식재료가 가게마다 가득가득 진열되어 있다.

"비가 안 그치네."

가라앉은 목소리로 이츠카짱이 말했다.

"응."

레이나는 대답하고, 다시 써 나간다. 전부 써 두고 싶었다. 미시즈 패터슨이 조금씩 회복되어 가고 있다는 것도, 'Good'인 이웃 미라벨이 정말로 좋은 사람이고, 회사에서 귀가하는 길에 곧잘 병원에 들러 준다는 것도. 이 집에 머물게 된 이후로 쭉 이츠카짱이 요리를 해 주고 있다는 것과 그게 꽤 맛있다는 것도. 써 두지 않으면 사라져 버린다. 중요한 일인지 아닌지는 상관없었다. 오히려 중요한 일이라면 기억하고 있을 테니 써 두지 않아도 될지 모른다. 따라서 중요하지 않은 일이 더 중요하므로, 어쨌든 레이나는 사실을 하나라도 사라지게 놔두고 싶지 않았다.

"우리, 여기서 뭐 하고 있는 걸까."

이츠카짱이 중얼거린다. 우울해 보이는 목소리다. 리처드를 만난 이후(라고 해야 하나, 리처드가 오고 나서도 결국 상황이 달라진 게 없고, 여기 계속 머무르게 된 이후), 이츠카짱은 내내 우울해 보인다.

"사람을 돕는 거야."

레이나는 대답했다.

"이건 사람을 돕는 거고, 사람을 돕는다는 건 '굉장한 일'이야."

그리고 개도 돕고 말이지. 그렇게 레이나는 생각한다. "그렇지?" 하고 동의를 구하면서 구르망에게 얼굴을 비벼대자 구르망이 벌떡 일어났다.

"그럴지도 모르지. 하지만, 언제까지?"

이츠카짱이 말한다.

"우리, 이제 이동해야지."

라고.

"뭐, 그렇지만."

레이나는 말하고 침대에서 내려왔다.

"여기 방음, 굉장하네."

창밖을 보며 중얼거린다. 비도 바람도 거세 보이는데 소리가 전혀 들리지 않았다.

미시즈 패터슨이 입원한 지 오늘로 꼬박 엿새가 된다. 그사이 아들 리처드는 두 번 다녀갔지만, 두 번 다 바로 돌아가 버렸고, 딸이라는 사람은 아직 나타나지 않았다. 미시즈 패터슨이 퇴원할 때까지 우리는 여기에 있게 될지도 모르겠다고, 레이나는 생각하기 시작했다. 마리아의 이야기에 따르면, 문제는 현기증으로—기계로 측정하면 1분에 50번도 넘게 안구가 흔들리고 있다고 한다—, 그것만 나아지면 퇴원할 수 있는 모양이다.

"여기, 좋은 동네잖아?"

레이나는 말해 본다. '집'이 있는 것 같은 기분도, 매일 개와 함께하는 산책도 마음에 들었다. 익숙한 느낌으로 전철을 타고, 강을 보며 마켓에도 가고, '여느 때처럼' 병원에 병문안 가는 것도, 미시즈 패터슨과 구르망에게 도움이 되고 있다는 사실도.

"여기, 좋은 아파트고."

덧붙이자, 이츠카짱은 얼굴을 찡그렸다.

"하지만, 틀림없이 미시즈 스튜어트는 우릴 수상하게 보고 있을걸."

라고 말한다.

"감시당하는 것 같아서 기분 나빠."

라고. 이츠카짱은 우울해 보일 뿐만 아니라 조금 짜증이 나는 것도 같다('Not good'인 미시즈 스튜어트와 시도 때도 없이 얼굴을 맞대야 하는 건 레이나도 달갑진 않았지만). 크리스를 못 보기 때문인지도 모르겠다고 레이나는 생각한다. 보스턴에서 돌아올 크리스를 기다리는 동안에는 체류 기간이 늘어나는 걸 싫어하지 않았으니, 여행이 정체되고 있다는 것만이 원인은 아닐 터이다.

목이 말라서 부엌에 가니, 구르망도 따라왔다.

"안—돼. 아직 밥 먹을 시간은 아니잖아?"

레이나는 그렇게 말했지만, 개가 밥을 원하는 게 아니라는 것을 알고 있었다. 그게 아니라, 항상 레이나의 뒤를 따라다닌다. 그리고 레이나는 그것이 기쁘다. 이츠카짱에게는 미안한 마음이 들면서도.

냉장고에서 오렌지 주스를 꺼내 컵에 따르고 있는데,

"산책 다녀올게."

하는 목소리가 뒤에서 났다.

"산책? 하지만 비 오는데."

돌아보며 말했다. 하지만 이츠카짱은 이미 군청색 코트를 입고, 양쪽 귀에 이어폰을 끼고 있었다.

힙합은 미국에 오고 나서부터 좋아하게 되었다. 바닐라 아이스의 〈아이스 아이스 베이비〉를 들으며 이츠카는 언덕길을 내려간다. 억수처럼 퍼붓는다는 표현이 딱 들어맞는 비 같다. 한 발 한 발 내딛을 때마다 튀는 물이 스웨트 팬츠 자락에 빨리도 스며들고 있다. 귓속으로는 음악이, 콧속으로는 젖은 겨울 거리 냄새가 제각기 우르르 밀어닥친다. 아파트에서 가지고 나온 우산은 조금 작고, 자루에 태슬이 붙어 있다. 마음대로 사용하는 것을 이츠카는 미안하게 여기진 않았다.

발이 묶여 있는 덕분에 이 근처 지리에 아주 훤해졌다. 역이며 버스 정류장, 은행에 서점에 우체통 위치뿐만 아니라 가장 경사가 급한 언덕이 어디인지도, 구르망이 좋아하는 용변 지점이 어디인지도 알고 있고, 레이나가 '뾰족지붕'이라 부르는 터미널 타워가 어디에서 보이고 어디에서 안 보이는지도 안다.

몇 번 이용한 빵집 앞을 지나쳐 미시즈 패터슨의 사고 현장을 지나고(지금도 오싹하다), 길을 건너 시청 앞 광장에 들어선다. 산책을 나선 건 아파트에 가만히 있기가 싫어서였을 뿐, 이렇다 할 목적이 있는 건 아니었다.

크리스와 재회한 것도 비 오는 날이었다는 걸 이츠카는 떠올린다. 맨체스터의 버거킹 창가 자리, 이츠카는 우산을 가지고 있지 않았지만 비는 지금보다 훨씬 적게 내렸고, 가게 안은 손님이 적고 조용했다. 바로 요전 날이었는데도 아주 옛날 일처럼 느껴졌다. 크리스에 대해 다소나마 알고 있는 지금이, 전혀 몰랐던 그 때보다도 크리스가 멀게 느껴진다. 버거킹에서 이츠카는 커피를 두 잔 마셨다. 커피 두 잔분의 시간이 지금은 그리웠다.

광장을 넘어 다시금 걷는다. 아파트에서 멀어지면 멀어질수록 좋았다. 레이나가 말한 대로 확실히 아파트 자체는 지내기에 편하다. 돈도 들지 않고, 요 며칠, 레이나와 박물관에도 가고 미술관에도 갈 수 있었다. 하지만—. 남의 가족 간 분쟁에 휘말려 있다는 사실이 이츠카의 기분을 하루하루 무겁게 만든다. 아무리 생각해도 그 모자에게는 문제가 있다. 그렇지 않고선 그렇게 부자 같아 보이는 사람들이 생판 남에게 집을 맡길 리 없으니까.

뺑소니범은 아직 잡지 못했다. 사고를 당한 미시즈 패터슨은 안됐지만, 이츠카와 레이나가 자기 말은 뭐든지 들어줄 거라 확신하는 듯한 태도는 도대체 뭔가 싶고, 리처드의 쓸모없음과 오만함은 더 심각하다. 병원의 카페테리아에서 결국 "어머니가 말하는 대로 해 줘."라고 말했을 때에도, 부탁한다기보다 허가하는 듯한 태도였다. "만약의 경우를 대비해서just in case" 어쩌고 하면서 두 사람의 여권까지 체크했다. 그 일을 떠올리자 다시 화가 솟구친다. 여하튼 이츠카는 이 거리와도 그 모자와도 헤어져, 레이나와 둘이서 여행을 계속하고 싶었다. 가이드북에 따르면 '바람의 도시'라고도 불리는 모양인 대도시 시카고를 보고, 어떤 곳인지 상상은 가지 않지만 서부로 간다. 애리조나라든가, 와이오밍이라든가. 그리고 언젠가 여행을 마치면, 뉴욕으로 돌아가기 전에 크리스한테 들를 수 있을지도 모르겠다고 생각하고 있었다.

이어폰에서는 제이지Jay-Z의 랩이 흐르고 있다. 이대로 계속 걸어가면 호수가 나온다. 스웨트 팬츠 자락은 이미 흠뻑 젖었지만, 거기까지 가 보자고 이츠카는 결심했다. 하늘과 마찬가지로 회색이나 다름없는 수면에 무수한 빗방울이 떨어지는 풍경을 봐 두고 싶었다.

현관 벨이 울렸을 때 레이나는 보나 마나 열쇠를 두고 나간 이츠카짱이겠거니 생각했다. 아니면 염탐하러 온 미시즈 Not Good이거나.

컹컹 짖는 구르망을 안고 문을 열자, 그곳에 서 있는 건 모르는 여자였다. 백인이고, 작은 체구에, 이츠카짱보다 몇 살 위로 보인다. 그리고 머리도 얼굴도 옷도 흠뻑 젖었었다.

"하이."

레이나를 보더니 부끄러운 듯 미소 지으며 말했다. 검은 코트, 검은 진 바지, 검은 배낭, 빨간 운동화. 눈가 화장이 말도 못하게 진하고, 그게 번져서 끔찍한 몰골이 되어 있다.

"하이."

레이나도 인사했다. 품 안에서 구르망이 발버둥치고, 여자는 젖은 팔을 내밀고는,

"하이, 구르망."

하면서 개를 받아 안으려 했다. 레이나는 순간적으로 몸을 뒤로 뺐다. 여자는 해로운 사람 같아 보이진 않고, 구르망의 이름도 알고 있었다. 하지만 그렇다고 해서 개 도둑이 아니라고 단정할 수는 없다. 미시즈 패터슨에게서 부탁 받은 이상, 레이나로서는 이 개를 지킬 의무가 있다고 생각했다.

여자는 깜짝 놀란 얼굴을 했다. 뜻밖이라는 듯한 얼굴을.

"당신 누구?"

레이나가 물었지만, 그 자리를 결정지은 건, 레이나 품 안에서 날뛰며 컹, 하고 슬프게 짖은 구르망의 목소리였다.

"헤일리야. 조안나의 손녀인."

여자의 그 말을 레이나는 의심하지 않았다.

"어머나, 그랬군요. 미안합니다."

그래서 바로 사과하고 구르망을 건넸다. 헤일리에게 안긴 구르망은 온몸으로 기쁨을 표현하면서 헤일리의 얼굴—화장이 번져서 꽤나 호러틱하게 된 얼굴—을 마구 핥았다.

"허니, 허니, 그만하면 됐어. 오케이. 됐어. 됐다니까."

재회의 기쁨을 나누고 있는 둘을 그 자리에 남겨 두고, 레이나는 수건을 가지러 욕실로 간다.

젖어서 춥겠다 싶어서,

"지금 홍차 끓여 올게요."

하고, 거실에서 수건으로 물기를 닦고 있는 헤일리에게 말했다.

"됐어, 됐어, 신경 쓰지 마. 난 차보다 맥주가 좋아."

레이나 눈앞에서 헤일리는 코트를 벗고, 양말을 벗고, 바지를 벗는다. 상반신에는 셔츠와 스웨터를 껴입었지만, 하반신은 속옷 한 장이다. 깜짝 놀라서 한순간 보고 말았지만(헤일리의 다리는 희고 가늘고 근육질이었으며, 발톱의 붉은색 페디큐어는 반 이상 벗겨져 있었다), 바로 예의가 아니라는 생각이 들어 레이나는 부엌으로 피신했다. 냉장고를 연다.

"맥주는 없는 것 같은데."

이미 알고 있던 사실을 (하지만 실제로 보고 확인하고 나서) 말하자,

"알아. 그래서 사 왔어."

라는 목소리가 돌아왔다. 레이나는 자기 몫으로 콜라를 한 캔 꺼내 거실로 돌아왔다. 이젠 옷을 입었으려니 생각했는데 헤일리는 아까와 똑같은 모습으로 젖은 배낭 앞에 웅크려 앉아 있었다. 여섯 캔들이 맥주를 꺼내더니 하나를 딴다. 고개를 살짝 뒤로 젖히고 꿀꺽꿀꺽 마시는 모습은 마치 이제 막 목욕을 마치고 나온 사람 같다. 레이나가 건넨 수건을 어깨에 걸치고 있어서 더더욱 그렇게 보인다.

"아, 맛있다."

캔을 입에서 떼고 헤일리는 말했다.

"이제 살 것 같아."

그러고 나서 그 뒷이야기처럼,

"당신들 얘기는 엄마한테 전화로 들었는데, 아까 병원에서 할머니한테도 들었어."

라고 말했다.

"할머니, 당신들한테 무척 고마워했어."

다행이라고 레이나는 대답하면서도 헤일리가 빨리 옷을 입어 주었으면 싶었다.

"춥지 않아요?"

그래서 그렇게 물었지만, 헤일리는 거기에는 대답하지 않고

"외삼촌이 무례한 말을 해서 미안해."

하고 갑자기 사과했다.

"할머니, 그 일을 마음에 두고 계셨어."

외삼촌—. 요컨대 헤일리는 캐나다에 있다는 미시즈 패터슨의 딸의 딸이며, 리처드의 딸은 아니다. 레이나는 왜인지 그 사실에 마음이 놓였다. 다행이라고 생각했다.

"그 사람, 진짜 소심하거든. 나쁜 사람은 아니지만."

헤일리는 그렇게 말하고, 의자 등받이에 걸쳐 둔 코트 주머니에서 무언가를 꺼냈다.

"노."

레이나가 제지한 까닭은 그것이 담배였기 때문이다. 미시즈 패터슨에게서 건네받은 종이 마지막에 유달리 큰(게다가 밑줄까지 쳐서) 글씨로 NO SMOKING, NO PARTY라고 쓰여 있었다. 그렇게 설명했지만 헤일리의 대답은 "노 프라블럼No problem"이었다.

현관에 레이나가 달려 나왔다. 걷고 있는 동안 빗소리에 지지 않으려고 iPod의 볼륨을 높여둔 터라 사촌 동생의 말은 들리지 않았지만, 누군가가 와 있다는 건 알았다. 나가기 전과는 다른 냄새가 났기 때문이다. 향수? 화장품? 그런 냄새와, 희미하지만 담배 냄새. 이어폰을 빼자 너티 바이 네이쳐(Naughty By Nature)의 목소리가 멀어져 가고,

"……돈이 없어서 히치하이크해서 왔대."

라는 레이나의 목소리가 들렸다.

"손녀라는데, 리처드의 딸은 아냐."

캐나다에 딸이 있다고 했잖아, 그 딸의 딸이야—. 레이나의 설명을 들으면서 이츠카는 우산을 벽에 기대어 세워 둔다. 레이나가 왜 이리 허겁지겁 많은 말을 쏟아 내려는 건지 알 수 없었다.

"다녀왔어."

이츠카는 그렇게 말하고 사촌 동생 옆을 지나쳐 안으로 들어간다. 허리 아래를 목욕 수건으로 덮은 젊은 여자가 거실 바닥에 누워 자고 있었다.

"한밤중에 저쪽을 나와, 잠을 안 자고 히치하이크해서 왔대."

변명하는 듯한 투로 레이나가 말한다. 실내 공기는 탁하고, 빈 맥주 캔 둘에 콜라 캔 하나가 테이블에 놓여 있다. 포테이토 칩

봉지와 재떨이 대신 사용한 컵 받침도.

"누구야? 이 사람."

이츠카는 그렇게 묻고 나서 바깥이 이미 어둡다는 것도, 비가 내리고 있다는 것도 개의치 않고 창문을 열어젖혔다.

신타로는 우선 사포로 바닥의 티를 제거했다. 이어서 숫돌 가루를 물에 개어 생겨난 홈을 메운다. 스크레이퍼를 써서 하나하나 꼼꼼하게 메워 바닥을 판판하게 고른다. 점심을 먹을 겸 녹화해 둔 다큐멘터리 방송을 보면서 숫돌 가루가 마르기를 기다린다. 스위스의 작은 마을에 사는 소년을 좇는 방송이었는데, 열네 살이라는 그 소년은 어느 누구에게 배운 적도 없는데 교회 오르간을 경이적인 테크닉으로 연주해 내고, 그뿐 아니라 형식에 입각한 푸가를 훌륭하게(어째선지 푸가만) 작곡한다.

그런 TV 프로그램을 보고 있노라니 푸가가 듣고 싶어져서, 신타로는 바흐의 CD를 플레이어에 얹었다. 사포—200방짜리—를 손에 들고, 마른 숫돌 가루 표면을 매끄럽게 다듬는 작업 내내 바흐의 음악이 제법 커다란 음량으로 흐르고, 신타로는 그 음악에 빠져들어 사포질에도 몰두할 수 있었다. 무심해질 수 있는 이런 작업이 신타로는 옛날부터 좋았다. 하긴, 플로어링 바닥이 흠투성이라서 걸레질할 때마다 거스러미에 걸린다며 손 좀 봐 달라고 한참 전에 아내가 부탁했는데, 맡겨 달라고 대답했으면서 막상 실행하기까지는 생각 외로 시간이 꽤 걸렸지만.

그 아내는 아침부터 나가고 없다. 미용실에 들렀다가, 친구를 만나 마루노우치의 미술관에서 하는 전람회를 보고 오겠다고 했다. 바깥은 화창하고 외출하기 좋은 날씨다. 도심 속 은행나무의 노란 잎이 마침 딱 보기 좋은 때인지도 모른다.

팔이 노곤해지고 얼굴에서 땀이 방울져 떨어졌다. 창문을 열어 두었는데도. 사포질은 전체 공정 중에서도 체력적으로 가장 힘들다.

니스를 칠하기 전 휴식하기 위해 일어나 허리를 폈다. 부엌으로 가서 냉장고에서 물을 꺼내 마신다. 냉장고 문에 마그네틱으로 붙여 둔, 이츠카가 보낸 네 장의 엽서—. 여기까지인가, 하고 생각하니 아쉬운 마음도 들었지만, 뭐, 어쩔 수 없는 일이지 싶다. 이츠카에게 쥐여 준 신용카드를 정지시켜야겠다는 판단은 어젯밤 부부가 이야기한 끝에 내렸다. 이미 우루우는 진작부터 그렇게 해 달라고 여러 번 이야기해 왔지만, 신타로는 딸들의 여행을 응원해 주고 싶다는 마음이 있었다. 돈도 없이 미국 땅을 헤매게 놔두는 것이 더 위험하다는 생각도 있었다. 하지만 어젯밤

아내에게서 “리오나짱 부부에게는 그들 나름의 교육방침이 있는 거니까.”라는 말을 들었다. 아내가 우루우에게서 들은 바에 따르면, 이 이상 레이나가 학교를 계속 빠지면 유급 결정이 내려진다는 모양이다. 이쪽 학교는 그런 점은 엄격하니까, 라고 말한 우루우의 목소리는 ‘불쾌하고 피곤한 느낌’이었다면서, “유급하게 되면 레이나가 가엾잖아.”라는 것이 아내의 의견이었다. “한 번 여행을 떠나 본 거라면, 이제 충분하지 않아?” 아내는 그런 말도 했고, 결국 그것이 결정타가 되었다.

도구 상자에서 솔을 꺼내 털이 부드러워지도록 손가락으로 비비면서 신타로는 아쉬운 마음을 떨쳐냈다. 이츠카에게도 레이나에게도 앞으로 여행할 시간은 얼마든지 있다.

깡통을 열고, 오래간만에 맡는 니스 냄새에 묘한 그리움을 느끼며 신타로는 미소 지었다. 플로어링용 니스는 투명하고 끈기가 있어서, 어릴 적 나무젓가락에 감아서 핥곤 했던 물엿을 연상시킨다. 바닥 전체에 이것을 다 발랐을 즈음에는 아내가 돌아올 것이다. 저녁거리는 사 오겠다고 했지만, 아마도 외식을 하게 되리라. 그즈음이면 니스 냄새가 온 집 안에 진동할 테고, 아내는 그것을 ‘그립다’고는 형용하지 않을 터이니, 냄새가 나지 않는 공기 속에서 식사하고 싶어 할 것이다. 더군다나 저녁을 먹고 나면 으레 거실에서 쉬는데, 니스가 마를 때까지는 드나들지 말아야 한다는 사정도 있었다. 그 메밀국숫집이나 그 중국집, 아니면 그 이탈리안 레스토랑—. 신타로는 솔을 놀리면서 후보 가게 세 곳을 머릿속에 떠올린다.

저녁 메뉴는 그린 샐러드(자몽이 들어간)와 오믈렛으로, 이츠카는 그것을 3인분 만들었다. 헤일리 몫까지. 흡연은 환영할 수 없었지만, 친손녀가 찾아온 이상(레이나의 이야기로는 잠시 동안 머무른단다), 자신들은 당장에라도 이곳을 벗어날 수 있을 테고, 중요한 건 그 점이었다. 구르망과 헤어져야 하는 것을 레이나가 섭섭해할 게 틀림없지만.

낮잠—이랄까, 초저녁잠—에서 깨어난 헤일리는 식욕이 왕성해서 샐러드와 오믈렛을 깨끗하게 비웠을 뿐만 아니라 미시즈 패터슨의 냉동고에 들어 있던 베이글을 해동하여 크림치즈를 발라 먹기 시작한다. 베이글을 떼는 손놀림이 하도 거칠어서 이츠카는 그만 눈길을 빼앗겼다.

"이츠카짱, 들었어? 20톤 트럭이래. 헤일리는 정말 재미있어."

레이나가 말한다.

"미안. 못 들었어."

식사하는 내내 주로 레이나가 헤일리에게 질문하는 형태로 대화가 진행되었는데 이, 갑자기 나타난 미시즈 패터슨의 손녀가 24살이고 직업이 뮤지션이라는 것(베이스 담당인데 곡에 따라서는 보컬도 맡아 한다는 것), 고기를 좋아한다는 것, 테네시주에 살고 있다는 것, 그전에는 버지니아주에 있었고, 거기 대학을 반 년 만에 자퇴했다는 것, 그 언저리까지 듣다가 집중력이 떨어지고 말았다. 그 후 헤일리가 레이나에게 '대중목욕탕'에 대해서 뭔가 질문했던 건 기억나지만—.

"있잖아, 헤일리는 어릴 적부터 꿈이, 20톤 이상 트럭을 모는 운전사랑 결혼해서, 아이를 셋 이상 낳는 거래."

레이나가 설명한다.

"그런데, 지금 사귀는 남자 친구는 그냥 뮤지션이고, 운전사가 되어 줄 마음은 조금도 없대."

이츠카는 놀라고 만다. 이야기의 내용이 아니라, 이 짧은 시간에 두 사람이 그토록 개인적인 이야기까지 하고 있었다는 사실에.

"남자 친구는 어떤 사람이야?"

레이나가 헤일리에게 묻는다.

"개구리 얼굴."

헤일리가 바로 대답하고, 레이나는 한순간 멍해 있다가 폭발하듯 웃음을 터뜨렸다.

"뭐야 그게, 어떤 얼굴? 그보다 헤일리, 어떤 사람이냐고 묻는데, 대뜸 나오는 대답이 그거야?"

"키보드 실력은 그저 그런데, 작곡 재능은 있다고 봐."

베이글을 다 먹은 헤일리는 크림치즈가 묻은 손가락을 빨면서 보충 설명했다.

이츠카는 일어나서 자신과 레이나가 사용한 그릇(과 프라이팬과 샐러드 볼)만 씻었다. 헤일리의 접시는 아직 테이블에 있고, 전부 다 자신이 씻을 필요도 없을 것 같아서였지만, 다시 생각해 보니 그것만 남겨 두는 것도 안 좋아 보이겠다 싶어서—이런 일로 망설인다는 게 자신이 소심하다는 증거라고 약간 자학도 하면서—, 결국 전부 씻었다. 물소리가 나는 중에도 뒤에서 레이나가 헤일리의 질문에 답하여 같은 반에 '큐트'한 남자애가 하나 있다고 말하는 소리가 들렸다. 하지만 그 애한테는 이미 여자 친구가 있어서 안 돼, 라고 말하는 것도. 처음 듣는 이야기였다. 물론 시시한 잡담이다. 그건 알고 있다. 그렇더라도 레이나가 지금껏 한 번도 자신에게 하지 않았던 이야기를 헤일리에게 하고 있다는 건 뜻밖이었다. 만난 지 몇 시간이나 됐다고.

"레이나, 구르망한테 밥 줄 시간 아니야?"

이츠카는 그렇게 말한 후,

"목욕하고 올게."

라고 덧붙이고서, 부엌을 뒤로했다.

구르망에게 밥을 준(토핑인 오이는 헤일리가 썰어 주었다) 후, 레이나는 손님용 침실에 가서 휴대 전화를 꺼냈다. 크리스에게 연락하기 위해서다. 지금 이츠카짱이 필요로 하는 건 크리스가 틀림없었고, 만나게 해 줄 순 없더라도 크리스에게 부탁해서 이츠카짱에게 전화나 문자 메시지를 보내 달라고 하는 건 가능할 터이다. 하지만 어떤 식으로 말해야 좋을까. 이츠카짱이 외로워하니까 연락 해 줘, 라고는 말할 수 없다. 너무 직설적이어서 크리스가 놀라 버릴 테고, 이츠카짱은 불같이 화를 낼 것이다. 하이, 크리스, 잘 지내? 우선 그렇게 말하고, 우리 지금 클리블랜드에 있어, 하면서 잠시 평범하게 수다를 떤 후 "이츠카는 잘 지내?" 하는 말을 이끌어 내는 건 어떨까. "네 사촌 언니는 어때?"도 괜찮다. 그렇게 나오면, 지금 여기엔 없는데, 라고 말할 수 있고, 잘 지내는지 여부는 직접 물어봐, 라고도 말할 수 있다.

귀여운 패치워크 커버가 덮인 침대에 걸터앉아, 레이나는 여행에 나선 후 처음으로 자신의 휴대 전화 전원을 켰다. 화면이 밝아지고, now loading 글자가 나타난다. 산더미 같은 착신 이력(과 메시지 수신 이력)이 뜨는 건 예상한 일이었다. 친구들이 보낸 것도 몇 개 섞여 있지만, 전반부는 거의 엄마나 아빠가 보낸 것이었고, 후반부는—이건 예상 밖이었는데—죄다 이츠카짱이 보낸 것이었다. 스크롤 해 나가는 중에 레이나는 단단히 조심하며 그 어떤 녹음 메시지도 재생하지 않고, 그 어떤 문자 메시지도 열어 보지 않았다. 그런데 그만 무심코 모바일 메신저를 확인하고 말았고, 거기에는 시에라가 보낸 메시지가 그 애의 아이콘—과즙이 뚝뚝 떨어지는, 반으로 자른 오렌지—과 함께 주르륵 표시되어 있었다.

"감기라며? 괜찮아?" "살아 있어?" "어이." "도망쳤다며? 쿨하다!" "잘 지내? 어때?" "보고 싶다. 연락해." "진짜 대박이다." "나 기억은 하는 거야?" "다들 걱정하고 있어. 얼른 돌아와."

그리고 맨 마지막 한 줄은 "어디 있는 거야?"였다. Where are you?

레이나는 망연자실한다. 그리운 시에라에게 너무너무 미안한 짓을 하고 있다는 생각이 들었다. 답장을 보내야 한다는 건 잘 알지만—왜냐면, 메시지를 이미 다 읽어 버렸으니까—, 어떤 말이라야 무리 없이 전하고 싶은 말을 전할 수 있을지 알 수 없었다. '난 잘 있어'는 너무 경박해서 별로. '보고 싶어'는 경우에 맞지 않아서 별로. '미안해'는 차가운 느낌이 들어서 더 별로이고, '화내지 말아 줘'와 '기다리고 있어 줘'는 너무 거창해서 별로다.

레이나는 전원을 껐다. 달리 어떻게 해야 좋을지 몰라서 "시에라." 하고 소리 내어 말한다. "여행하는 거, 비밀로 해서 미안해. 클리블랜드에 있어, 사촌 언니랑 같이. 잘 있으니까 걱정하지 마. 화내지 말고. 기다리고 있어 줘. 맹세코 말하는데, 진짜 진짜 보고 싶어."

소리 내어 말하고 나니 조금은 진정이 되어서, 지금 한 말을 그대로—지명만 생략하고—엽서에 쓰면 되겠다는 생각이 들었다. 그래, 그렇게 하면 돼.

파자마 대용인 티셔츠와 스웨트 팬츠를 입고 돌아온 이츠카짱한테서 사 두었던 엽서를 한 장 건네받아 레이나는 바로 그 말을 썼다. 마지막에는 'LOVE'도 덧붙였다. 크리스에게 연락하는 건 까맣게 잊고 말았다.

다음 날 아침, 눈을 떠 보니 비는 그치고 침실에는 옅은 겨울 햇살이 쏟아져 들어오고 있었다. 커다란 양복장, 레몬 나무 판화,

밝은 크림색 커튼. 이 방과도 이제 곧 이별이라고 생각하니(이츠카짱은 미시즈 패터슨에게 제대로 인사를 마치고 나면 당장에라도 시카고로 출발하겠다고 말했다), 모든 것이 소중하게 다가왔다. 자알 봐 두자, 하고, 침대에서 일어난 레이나는 생각한다. 이 방도, 은색 냉장고가 있는 부엌(테이블에 덮인 클로스는 노란색)도, 낮에도 어둡고 서늘한 현관도, 죽은 남편으로 보이는 사람의 사진이 머리맡에 놓인, 깔끔하게 정리 정돈된 미시즈 패터슨의 침실도, 살풍경할 정도로 아무것도 없고 청결한 욕실(샤워 커튼은 라벤더색)과 가사실도, 여기저기 놓여 있는 도합 일곱 개의 화분도, 두 군데(거실 구석과, 미시즈 패터슨의 침실 귀퉁이) 놓인 구르망의 배변 판도, 똑똑하게 자알 기억해 두자.

"안녕."

부엌에 들어가자, 이츠카짱과 헤일리가 마주 앉아 커피를 마시고 있었다. 안녕이란 대답이 이중주로 돌아온다.

"구르망은 어디?"

레이나는 두 사람에게 묻는다. 여기 머무는 동안, 구르망은 매일 아침 레이나를 깨우러 와 주었다. 오늘 아침에 나타나지 않았던 건 어젯밤 헤일리와 함께 잤기 때문이리라. 구르망은 헤일리를 좋아한다.

"저쪽."

그 대답도 이중주였다. 두 사람이 저마다 눈과 손으로 가리킨 '저쪽'—거실 소파 위—에서 자고 있던 구르망을 안아 올리고, 옆에 있던 리모컨도 집어 TV를 켠다. 구르망은 아직 졸린 모양이었지만, 그래도 레이나 품 안에서 고개를 쳐들고 레이나의 턱을 두세 차례 핥았다. TV 화면에는 일기 예보가 나오고 있다. 여기 중서부는 어디나 다 해님 마크다.

아침을 먹은 후, 레이나는 혼자서 구르망을 데리고 산책에 나섰다. 이츠카짱과 헤일리가 아직 부엌에서 이야기에 빠져 있었기 때문이다. 하지만 그건 기뻐해야 할 일이었다. 어제 이츠카짱은 헤일리에 대해 그다지 좋은 인상을 갖지 않았고, 그건 바람직하지 않은 일이었으니까.

일기 예보대로 온화하고 맑은 겨울날이어서 정수리가 따스하다. 레이나는 구르망을 운동시키기 위해 빠르게 걸었지만, 빵집 근처에서만큼은 천천히 걸으며 좋은 냄새를 만끽했다. 우체통에 시에라에게 보내는 엽서를 던져 넣고, 언덕 위에서 뾰족지붕을 인 건물을 바라보았다. 오늘은 좋은 날이 될 것 같은 느낌이 들었다.

병원으로 향하는 버스 좌석에 나란히 앉은 후, 레이나가 물었다.

"헤일리랑, 오늘 아침에 무슨 이야기 했어?"

대각선 앞자리에 그 헤일리도 앉아, 무릎 위에 펼친 잡지에 눈을 떨구고 있다.

"여러 가지."

이츠카는 대답하고,

"레이나 네가 말한 대로였어. 저 사람, 재미있더라."

하고 인정했다.

"잘 됐다—. 틀림없이 잘 통할 것 같았어. 헤일리는 좋고 싫은 게 분명하고 솔직해. 이츠카짱이랑 조금 닮았어."

레이나가 기쁜 듯이 말하자 이츠카는 양심에 찔렸다. 레이나에게 아직 하지 않은 이야기가 있었기 때문이다.

헤일리는 확실히 솔직하다고 해야 하나, 있는 그대로 가감 없이 말하는 타입으로, 미국 대학의 '기겁할 만한' 일에 대해 구체적으로 이야기해 주었고(고등학교와 대학이라는 차이는 있지만, 이츠카와 헤일리는 둘 다 학교를 자퇴했고, 그 부분은 레이나 말대로 '닮아' 있을지도 모른다), 자기 가족—이란, 다시 말해 미시즈 패터슨 가족이다—을 둘러싼, TV 드라마처럼 강렬한 이야기(유산이라든지 불화라든지, '알코올 중독은 극복했으면서 결혼 중독은 극복하지 못하는' 어머니라든가, '피해망상'이 있는 삼촌이라든가, '엽총으로 자살한' 또 다른 삼촌이라든가)도 흡사 남의 일인 양 거리낌 없이 입에 담았다. 전혀 심각해 보이지 않게, 오히려 농담처럼.

평소의 이츠카라면 그런 이야기는 'No'로 분류해서 물리쳤을지도 모른다. 그와 같은 생판 남의 가족의 질척질척한 이야기는. 하지만 오늘 아침에는 기분이 좋았기에 흥미롭게 들었다. 이 세상에 존재하는 많은 것 중 하나로써.

세상—. 지금 타고 있는 버스도, 옆에 있는 레이나도, 창밖의 길도 가로수도 가게들도 사람들도 그 일부다. 미시즈 패터슨도 헤일리도 그 일부이고, 요컨대 지금 이츠카는 세상에 대해 관대해져 있었다. 이유는 어젯밤 크리스와 이야기를 나눌 수 있었기 때문이다. 저녁 식사 후 욕조에 물을 받는 동안 이츠카 쪽에서 전화를 걸었다. 목소리가 너무 듣고 싶었기 때문이다. 이럴 줄 알았으면 좀 더 빨리 전화할 걸 그랬다고 생각한다. 전화 한 통으로 이렇게 활력이 솟구칠 거였다면.

크리스와 이야기한 것에 대해 레이나에게는 미처 말을 꺼내지 못했다. 레이나는 곧장 '사랑이라든가'와 연결시킬 텐데 이츠카로서는 자신의 감정을 그것과 연결시키는 건 단연코 'No'였다.

데어 상표 크래커는 네 종류가 있고, 갈색 상자와 붉은색 상자와 파란색 상자와 녹색 상자로 구분되는데 미시즈 패터슨이 좋아하는 것은 파란색 상자다. 제품명은 Cabaret이고, 이름 아래에 Crisp & Buttery라고 인쇄되어 있다. 레이나는 그것을 두 상자, 작별 선물로 미시즈 패터슨에게 건넸다.

"하지만, 병원에서 주는 밥도 드시는 게 좋아요."

레이나의 그 말에 미시즈 패터슨은 얼굴을 찌푸리며(그렇게 하면 오므린 입가 피부에 주름이 자글자글하게 잡힌다), 자기 앞의 공기를 손으로 떨쳐 내는 듯한 몸짓을 했다. 뒤뜰의 마른 잔디며 석고상에도 겨울 해가 내리쬐고, 참새들이 우르르 내려앉았다 날아올랐다 하고 있다.

휠체어에 앉은 미시즈 패터슨은 '현기증이 여전히 속을 썩이지만, 메스꺼운 증상은 이제 없다'며, 지금 과제는 '걷기 훈련'이라고 말했다. "진짜 싫어."라고도.

"그래도 해야지."

휠체어를 밀면서 헤일리가 말한다.

"그리고 요양보호사를 줄줄이 쫓아내는 것도 그만둬야 해."

마리아의 이야기에 따르면 파견되는 요양보호사를 받아들일 수만 있다면 자택에서 요양하는 것도 가능한 모양이다.

"그리고 이 아이들한테 고맙단 인사를 해야."

헤일리가 말을 잇자,

"그 말은 벌써 했거든요."

하고 미시즈 패터슨이 냉큼 대꾸했다. 헤일리가 쓴웃음을 짓는다.

"그래도 다시 한번 말씀하셔야지? 작별이니까. 이 아이들, 오늘 밤에 시카고로 간대요."

"시카고라니?"

미시즈 패터슨은 눈을 휘둥그레 뜨며 어이없다는 듯이 말했다.

"뭐 하러 그런 곳에 가고 싶어 하는지 모르겠구먼."

그래도 마지막에는 이츠카짱과 레이나를 차례대로 포옹하고, 여행길이 무사하길 빌어 주었다.

"건강하세요."

레이나가 말하고,

"만나 뵙게 되어 좋았습니다."

하고 이츠카짱이 말했다.

오전에 이츠카짱은 시트와 수건을 전부 세탁했다. 화분에 물도 주고, 두 사람 다 짐도 꾸려 두었다. 그러니 이제 남은 일은 그 짐을 가지러 돌아가서 구르망에게 인사하고(아마 마지막 산책도 하고), 일주일 전에 하려 했던 대로 심야 버스에 오르면 되는 거였다. 그럴 작정이었다. 레이나나 이츠카짱이나, 이때까지만 해도.

이별이 아쉬운 건 아니었다. 그런 건 전혀 없다. 미시즈 패터슨은 억지스러운 데다 고압적이고, 자신과도 레이나와도 아무런 관계가 없는 사람이라서 이츠카는 벌써 며칠째 얼른 해방되고 싶다고 기원하던 중이었다. 다만, 실제로 병원을 뒤로하자, 미시즈 패터슨을 내버리고 가는 듯한 기분이 들었다. 이상한 생각인 줄 알면서도.

"아마, 그 사람이 나이를 많이 먹었기 때문이겠지."

현관 앞에 서 있는 구급차를 무심코 보면서 이츠카는 말했다.

"이제 만나지 않는다는 것과, 이제 만날 수 없다는 것을 구별하기가 점점 어려워져."

"뭐야 그게. 무슨 뜻이야?"

레이나는 이상하다는 듯한 표정을 짓는다.

"잠깐만 기다려. 립크림 좀 바르고."

그렇게 말을 잇고 멈춰 섰다. 11월의 하늘은 푸르고 높고, 확실히 공기가 건조했다.

"됐어. 아무것도 아냐."

이츠카는 자신의 말을 도로 물린다. 지금 자신이 앞질러 느껴버린 슬픔에 대해 설명할 수도 없을 것 같았다. 그래서 하고 싶었던 말과는 미묘하게 다른 말을 했다.

"혼자 사는 노인이 사고를 당하는 건, 여러 가지로 큰일이야."

"음—. 그렇긴 하지만."

딸깍 소리를 내며 레이나는 립크림 뚜껑을 닫는다.

"그렇긴 하지만, 미시즈 패터슨한테는 헤일리가 있고, 우리도 있었으니까 다행이었지. 아, 구르망도 있고."

그렇긴 하지만, 하고, 이번엔 이츠카가 생각했다.

"아—, 구르망이랑 헤어지기 싫다."

다시 걸음을 옮기며 레이나가 말했다.

아파트로 돌아오자, 그 구르망은 열렬히 꼬리를 흔들며 맞아주었다. 흥분해서 헥헥거리고, 벌린 입에서 핑크색 혀가 보인다.

"다녀왔어, 구르망. 착하게 잘 있었지?"

레이나가 영어로 말을 걸면서 안아 올린다. 이츠카에게는 방 안이 오늘 아침까지와는 다르게 보였다. 잠시 동안이었지만 자신들의 집 같았던 장소가 그새 빨리도 서먹서먹함을 되찾은 양—.

"저기, 오늘 밤에, 역시 헤일리도 같이 가자고 하자."

욕실에서 손을 씻고 가글을 하고 있는데 레이나가 개를 안은 채 다가와서 말했다.

"얘기했잖아, 이미."

그리고 거절당했다.

"그렇긴 하지만, 한 번 더."

치뜬 눈으로 이츠카를 보며, 제안이라기보다 애원하는 투로 레이나는 말한다.

"헤일리가 사양한다고 했던 건, 보나 마나 돈이 없어서일 거야. 하지만 가게를 가르쳐 줬고, 어차피 열쇠를 돌려줘야 하고, 헤일리도 저녁은 먹어야 하잖아."

하고 말을 거듭한다.

"그러니까, 이 집에서 묵게 해 준 답례로 밥을 사겠다고 하면, 틀림없이 올 거야. 고기를 좋아한다고도 했고."

수건은 전부 빨아 버렸기 때문에 이츠카는 자신의 손수건으로 손과 입을 닦았다.

"좋아, 알겠어."

오늘 아침, 이 도시에서 보내는 마지막 밤이니 오래간만에 외식을 하자고 말을 꺼낸 건 레이나였고, 요즈음 내내 식사 시중만 들었던 이츠카로서도 이의는 없었다. 그렇다면 맛있는 데가 있어. 헤일리가 그렇게 말하며 스테이크 하우스 이름을 가르쳐 주었는데 함께 가자고 하니 단박에 거절했던 것이다.

"잘됐다—."

레이나가 기뻐하며 말했다.

"거기, 테라스석은 개를 데려가도 오케이래."

이츠카는 쓴웃음을 짓는다. 헤일리와 함께 한다기보다, 구르망과 함께 있을 수 있는 시간의 문제인 것이다.

"그 전에, 먼저 버스 티켓을 사 올게."

이츠카가 말했다. 그렇게 붐비지는 않을 테니 저녁 먹고 나서 사도 충분할 거라고 헤일리는 말했지만, 먼저 사 두지 않으면 안심이 되지 않았다. 이런 면이 소심하다는 증거라고, 자기 자신에 대해 다시 한번 생각한다.

"레이나는 여기서 구르망이랑 기다리고 있어."

네—, 하고 레이나는 기분 좋게 대답했다. 의사와 면담이 있어서 병원에 남은 헤일리도 곧 돌아올 것이다.

바깥은 아직 밝지만 아까보다 바람이 차가워졌다. 오후 4시. 이어폰을 귀에 꽂고서 이츠카는 걸었다. 크리스에 대해 생각한다. 갑자기 전화했는데도 크리스는 전혀 놀라지 않았다. 매우 조용한 음성으로 전화를 받은 크리스는 이츠카가 이름을 대자 하이, 이츠카, 하고 조용한 음성 그대로 말했다. 잘 지내는지도 레이나의 안부도 묻지 않고, 잠자코 이츠카가 이야기하기를 기다리고 있는 것이 너무도 크리스다웠다. 하긴 지금이야 그런 생각이 들지만, 실제로 통화할 당시에는 그 침묵에 긴장했다. 바로 옆에서 미시즈 패터슨의 욕조에 따뜻한 물이 떨어지는 소리가 나고 있었다. 수증기 냄새도 나고—. 이츠카는 자신들이 이 도시에 머무르고 있는 이유를 이야기했다. 사고를 목격한 것이며, 레이나가 개를 쫓아간 것, 미시즈 패터슨이 탄 구급차에 이츠카도 밀어 넣어져 버렸다는 것 따위를. 크리스는 "와우."라느니 "오 마이 갓." 따위를 섞어 가며 끝까지 다 듣고 나서, 너희 두 사람을 자랑스럽게 생각한다고 말했다. I'm proud of you both라고. 그러더니 산에 눈이 내렸다고 가르쳐 주었다. 매년 있는 일인데도 첫눈이 내리면 흥분하고 만단다('어린 소년처럼'이라고 크리스는 말했다). 너희한테도 보여 주고 싶었다며 스키는 타는지 물었다(이츠카는 '조금'이라고 대답했다. 아버지가 아웃도어파라서, 어릴 땐 겨울마다 산에 데려가곤 했다).

아마도 길어야 5분 남짓 이야기했을 것이다. 잘 지내라고 서로 인사하고 전화를 끊었지만, 끊기 전 크리스는 전화해 주어서 기뻤다고 말했다. 상투적인 말이라는 건 알고 있었지만, 그래도 그 말은 이츠카에게 안도감을 안겨 주었다. 전화해 주어서 기뻤어—.

버스 터미널은 지난번과 완전히 똑같은 모습으로 한산했다. 늘어서 있는 금속제 의자(야구 모자를 쓴 아저씨가 한 사람 앉아서 신문을 읽고 있다), 시각표가 여러 개 놓여 있는 카운터와 티켓 부스, 음료 자판기, 지난번에 레이나가 집에 전화할 때 이용한 공중전화. 마치 지난 일주일이 없었던 것 같다고 이츠카는 생각한다. 지금 여기에 있는 사람들은 미시즈 패터슨에 대해서도, 사고에 대해서도 모르는 것이다.

"시카고까지, 오늘 밤, 1시 15분 출발 티켓, 두 장."

이츠카는 일주일 전과 같은 말을 하고, 아크릴 유리 칸막이 너머로 신용 카드를 밀어 넣었다. 창구에 앉은 살찐 남성은 말없이 그것을 받아 들고 키보드를 타닥타닥 두드린다. 책상 위에 먹다 만 그래놀라 바가 놓여 있는 것이 보여서, 저녁 식사 때까지 기다리지 못했구나 싶어 이츠카는 왠지 모르게 미소를 짓게 되었다. 세상, 하고 생각한다. 이 사람 또한 세상의 일부인 것이다.

"……No."

남성이 말한다.

"No?"

의미를 알 수 없어 되물었다.

"이 카드는 사용할 수 없어요. 다른 카드는?"

"사용할 수 없다니요?"

무슨 영문인지 알 수가 없었다.

"그럴 리가 없어요. 될 텐데. 다시 한번 해 보세요."

이츠카 말에 남성은 다시 한번 카드를 기계에 통과시켜 주었지만(그리고 그 결과는 이츠카에게는 보이지 않았지만), 고개를 흔들었다.

"No."

"No?"

내미는 카드를 받아 쥐고 이츠카는 망연히 서 있다. 대체 어떻게 된 일이지?

하권에서 계속